夢みる秘書の恋する条件

黒崎あつし

幻冬舎ルチル文庫

C O N T E N T S

✦目次✦

夢みる秘書の恋する条件

✦カバーデザイン＝吉野知栄(CoCo.Design)

✦ブックデザイン＝まるか工房

イラスト・テクノサマタ✦

夢みる秘書の恋する条件

1

「よし、これで終わり」

リビングの大きな掃き出し窓に新しいカーテンをつけていた太田怜治《おおたれいじ》は、脚立代わりにしていたぐらぐらする古い椅子《いす》からそっと床に下りた。

背の低さは生来のものと諦《あきら》めているが、こういうときはあと十センチ背が高ければと、己《おのれ》のコンパクトな身体《からだ》が恨めしくなる。

（さすがに、もう伸びないか）

つい先日二十三歳になったばかりの怜治の身長は、高校卒業時の百六十ちょいからほとんど変わっていない。

薄茶の柔らかな髪質に大きな目、小柄でアイドル系の綺麗《きれい》めな顔立ちをしているからか、その外見を可愛いだとか綺麗だとか誉《ほ》められこそすれ、チビと揶揄《やゆ》されることはなかった。

そのお蔭《かげ》で背の低さに対するコンプレックスはほとんど感じずにすんだが、この手の不便さを感じるとやはりちょっとだけ悔しい。

自分の背の低さを補うために、背の高いパートナーでも見つければいいのかもしれないが、残念ながら今はそんなことをしている余裕もない。

入社してまだ一年にも満たない新入社員なのに、急な転勤を命じられてしまったところなのだから……。

（今はまず、仕事を頑張らないと）

色恋沙汰《ざた》はその後だ。

この転勤に伴い、広いＬＤＫに洋室がふたつという、いわゆる２ＬＤＫの広い部屋に引っ越してきたばかり。

大学時代から単身者用のワンルームで暮らしていたから、家具も荷物も極端に少なく、引っ越し作業はそりゃあもう楽ちんだった。

だが、見回した部屋のガランとした物寂しい様子にはさすがに苦笑いが零《こぼ》れる。

「でもまあ、ぼちぼち揃《そろ》えてくさ。……次は年末のボーナスで大きなテレビとか」

ここに引っ越すにあたって、財布と相談しつつ悩みに悩んだ末に購入した、奥行きの広い大きなソファを眺めて呟《つぶや》く。

この転勤に伴う昇進でちょっとだけ給料が上がるそうだし、会社のほうから補助も出る。

都心から新幹線で一時間ちょいの距離にあるこの地方都市の家賃は、都内よりは低めだから家賃の心配はない。

だが、働きはじめてまだ一年目の自分には、小高い丘の上に建つこの築三年のマンションが少しばかり贅沢《ぜいたく》だっていう自覚はある。

今までのワンルーム暮らしで、狭い部屋での生活にも慣れていた。

料理するのも食事するのも寝るのも同じ部屋の中、コンパクトにまとまってそれなりに便利に暮らしていたが、これからはそうはいかない。寝るにしたって、リビングから寝室へといちいち移動しなきゃならないし、広いぶんだけ掃除も大変になるだろう。

当初の予定では、せっかく部屋数があるのだからと寝室と書斎を分けるつもりだったのだが、よくよく考えてみると分けるほどの荷物もないし、持ち帰りの仕事をした後でわざわざ書斎から寝室に移動するのが面倒な気がしてきてけっきょく一部屋にまとめてしまった。

使っていない部屋があるなんて無駄だし、不経済だ。

それでも怜治は、ここを選んだことを後悔してはいなかった。

(これぐらいの距離がちょうどいい)

会社へはバス通勤になる予定だが、緊急の際にはタクシーを使ってもここならさほど負担にはならない。不動産屋が勧めてくれた物件の中に、会社まで徒歩圏内の部屋もあるにはあったが、あまりに職場が近すぎるとオンオフの切り替えがうまくできないような気もする。

なにより、この部屋はベランダから見える景色が最高なのだ。

怜治は、窓を開けてベランダに出た。

「……やっぱり、いい眺めだ」

眼下には、瀟洒《しょうしゃ》な住宅地や商店街の街並みが広がり、その更に向こうには白く光る小さな海が見える。

間近に行けば、午後の日差しが反射する海は、きっとキラキラして眩《まぶ》しいのだろう。

だが遠目で見る小さな海はただ綺麗なだけだ。

それでも怜治は、遠い海の輝きに眩しげに目を細める。

（落ち着いたら、あそこまで散歩に行こう）

不動産屋の話では、ここからあの海辺までは徒歩で一時間ぐらいらしい。

季節はすでに秋。

夏場は賑《にぎ》やかな海水浴場らしいが、さすがにこの季節では訪れる者もまばらだろう。

（静かな砂浜を、ひとりで歩くのも悪くない）

子供の頃、怜治は家族とともに海の近くで暮らしていた。

家族揃って夏場は海水浴に、それ以外の季節でも砂遊びをしたり、岩場でカニを捕ったりと、海辺ではよく遊んだものだ。

決して裕福な家庭ではなかったから、流行《はや》りのテーマパークなどに行くより、安上がりでちょうどよかったのだろう。

実母は怜治が生まれてすぐに亡くなり、物心ついた頃、怜治の家族は父だけだった。

その後、父が再婚し、やがて父と義母《はは》との間に怜治とは四歳違いの弟が生まれて、家族は四人になった。

（あの頃が、一番楽しかった）

父と義母と怜治と、そして家族みんなと血が繋《つな》がった存在である弟の誠吾《せいご》。

いつも四人で海岸に遊びに行っては、小さな弟と一緒に無邪気に遊び、お腹《なか》が空《す》くと持参してきたお弁当をみんなで食べた。

おにぎりと焦げ目のついた甘すぎる卵焼きとウインナー、お世辞にも栄養バランスがいいとは言い難いお弁当だったが、それでも最高に美味《おい》しかった。

美味しいねと笑いかけてくる弟に頷《うなず》き返し、義母が差し出してくれた麦茶に喉《のど》を鳴らした。

なにも難しいことは考えず、ただ無邪気なだけの子供でいられた頃の幸福な記憶。

大人になった今でも、こうして海を眺めると、あの懐かしい幸せな日々の記憶が脳裏に鮮やかに甦《よみがえ》ってくる。

遠くで白く光る小さな海が、記憶の中の眩しい海と一瞬にしてだぶり、記憶の中の眩しさに思わず目を細めてしまうほどに……。

こうして海を眺める度《たび》に、懐かしい記憶を反芻《はんすう》して幸せな気分になれるのだから、それだけでも怜治にはこの部屋に住む利点が充分にあった。

これから働くことになる新しい職場に、厄介なトラブルが待っているらしいと最初からわかっているだけになおさらだ。

（毎朝こうして海を眺められるだけでも、ストレス軽減になるし）

もしも、あの日々がそのまま続いていたら、ありきたりの日常の一ページとして記憶の彼方《かなた》へと押しやられ、大切な宝物になったりはしなかっただろう。

だが、家族四人の幸せな日々は、父の死という突然の不幸の前にあっさり消え去った。

そして、怜治の幸せな子供時代もそれと同時に終わりを告げる。

だからこそ、幼い日のその幸せな記憶は、怜治にとって宝物になったのだ。

二度と取り戻せない父がいた頃の幸福な日々を、せめて記憶の中だけにでも止《とど》めておくために……。

夫を失った義母は、自分ひとりで子供をふたりを育てることはできないからと、怜治を施設に預け、実子である弟だけを連れて行った。

まだ小学生だった怜治は、実母とも思って慕っていた彼女のその選択に深く傷ついたが、それが仕方のないことだってぐらいはわかる年齢になっていた。

だから、義母の選択を素直に受け入れたのだ。

そして怜治の無邪気さは失われ、この世にはどうにもならないこともあるのだと自分を納得させる方法を学んだ。

とはいえ、もともとが負けず嫌いで諦めの悪い性格でもあったから、ただ諦めて落ち込んで過ごしたりはしない。

もう二度とあの幸せな日々が戻ってこないことは充分に理解した。

だが、あの日々と同じような——いやそれ以上に幸せな日々を手に入れる可能性が、自分にはまだ残っているはずだった。

いつの日にか、自分も成長して大人になり、父のように家族を得る日が来るだろう。失った幸せは、新しく得た家族ともう一度新しく作り上げていけばいいのだ。

当時、小学生だった怜治は、そんな大人びた夢を見ることでひとりになった寂しさを紛らわせ、夢をかなえるためにもちゃんとした大人になろうと前向きに生きる決心をした。

だがその夢も、高校時代、同性の親友相手に遅い初恋を自覚すると共に失われてしまう。

（あのときは、けっこうショックだったっけ）

自分がゲイであること以上に、ゲイであるが故《ゆえ》に普通に家族を作ることができないことのほうが、怜治にとってはショックなことだった。

自分の家族を得て、かつての幸せな日々を取り戻す。

ひとりで生きていく上で重要なモチベーションとなっていたその夢が、手の届かないものになってしまったのだから……。

とはいえ、やっぱりそこでも、怜治の諦めの悪さは健在だった。

妻や子供といった普通の家族を得ることはできなくても、恋人というパートナーなら手に入れることができるはず。その人とふたりで夢をかなえればいいのだ。

そんなふうに、夢に修正を加えることで再び前を向いて生きる気力を得た。

（……いまだに、ひとりだけど）

初恋の相手とは、ちょっとしたわだかまりが原因で距離ができ、告白すらできないままで縁が切れた。

大学時代にも、ちょっといいなと思い、それなりの関係になった男がひとりだけいたが、彼とも恋愛には発展しなかった。

その当時、怜治はバーテンダーのバイトをしていて、その男、風間仁志《かざまひとし》はその店の常連客のひとりだった。

有名な一流企業、風間興産の社長の末息子で、顔もスタイルも金払いもよく話術も巧みな仁志の姿は、世間知らずだった怜治の目には文句のつけようのない素敵な大人の男に見えた。

そんな彼に好意を仄《ほの》めかされ食事に誘われ、そりゃもう有頂天になって喜び、舞い上がったのを今でも覚えている。

だがその食事の席で、仁志から愛人になって欲しいと言われて、一気に頭が冷えた。

『恋愛絡《がら》みだと、別れるときに揉《も》めることがあるだろう？　それが興ざめでさ』

だから後腐れのない関係を求めているのだと彼はあっけらかんとした口調で言った。

たぶんバイト先で怜治が金銭的に困窮している話を小耳に挟み、怜治とならばギブアンドテイクの関係を築けると考えていたのだろう。

（……しかもあの人、あの頃は俺が年齢を誤魔化《ごまか》してると思ってたんだよな）

極端に小柄でアイドル系の綺麗めな顔立ちをしている怜治は、実年齢より若く見られることが多い。

仁志はそんな怜治を高校生だと思い込み、その上で愛人にならないかと誘ってきたのだ。高校生相手に愛人契約を持ちかけるだなんて最低だとどん引きしながら、自分は本当に大学生なのだと仁志に告げたら、外見が好みだからそれでも構わないと言われた。

『それ以上背が伸びないのなら嬉《うれ》しいし、成長期が人より遅いだけだとしても、半年ぐらいは楽しめそうだ』

悪びれないその口調に心底呆《あき》れ返った。

怜治はどちらかと言えば真面目《まじめ》な倫理観を有しているから、未成年者を金で買うことに一切ためらいを覚えない男だと知ったことで、仄かな恋心は完全に霧散した。

それでも、その申し出に頷いてしまったのは、本当に経済的に困窮していて、このまま大学に通い続けるのが難しい状況にまで追い込まれていたからだ。

休学して金を稼ぐことに専念するしかないと考えてはいたが、復学できるのがいつになるかわからないという不安があって、どうしても最後の一歩を踏み出せずにいた。

バイトを複数かけ持ちして頑張ったところでそう簡単には金は貯《た》まらないだろうし、無理をして身体を壊してしまっては元も子もない。

無理をせず、しかも効率よく短期間で大金を稼ぐ方法となると、やはり方法は限られる。

当然、詐欺《さぎ》やクスリの売買などの明らかな犯罪行為は論外だ。

バーテンダーのバイト中に、この後一緒にどう？　と男女を問わず下心を隠さない客に誘われることが以前から何度かあったが、その手の誘いに応じることにも抵抗があった。

だが、あっけらかんと明るい口調で呆れた申し出をした仁志に頷くことには、不思議と抵抗を感じなかった。

（中身がろくでなしでも、うっかり恋しかかったぐらいに、あの派手な外見に目を奪われていたせいもあるか）

初体験が金銭絡みだったことには一抹《いちまつ》の寂しさがあったが、きちんと恋愛の手順を踏まなきゃ嫌だなんて思うほど乙女チックな思考の持ち合わせもなかった。

（そもそも、男女の恋愛とは違うんだ）

いずれは恋愛感情で結ばれたパートナーと人生を共にしたいと思ってはいるが、マイノリティーなだけに、互いに心惹《ひ》かれ合う相手と出会える確率が低いってことは理解している。

出会いを求めて仲間達が集まるような場所に行っても、けっきょくは刹那《せつな》的な出会いと別れを繰り返すことになるんだろうなってことも……。

どうせ在学中はバイトと勉強に明け暮れて恋愛する余裕なんてないのだから、バイトだと割り切って、遊び慣れた男との経験を積むのも悪くはない。

そんなふうに仁志との愛人関係はスタートした。

その後、順調だった愛人関係を、こちらからの申し出で終了させたのは怜治が大学を卒業する半年前。

仁志自身が最初から後腐れのない関係を望んでいただけに、その別れは拍子抜けするほどにあっさりしたものだった。

そして怜治は、仁志の父親が社長を務める大企業、風間興産へ就職する決心をした。

まだ愛人のバイトをしていた頃、自分のレベルでは難しいだろうと思いながらもダメ元で入社試験を受け、運良く内定をもらえていたのだ。とはいえ、別れるときに揉めたり気まずくなるようなことがあったら、仁志と顔を合わせる可能性のある会社に入社することはできないだろうなと最終的な決断は先延ばしにしていた。

(俺が近くにいても、あの人は気にもしない)

むかつくほどにあっさりした別れに、これならなんの問題もないと踏ん切りをつけた。

予想通りに仁志は、その事実をすんなりと受け入れた。

というか、むしろ最初は諸手《もろて》を挙げて喜んでくれていたのだ。

——おまえとは気心が知れているからちょうどいい。俺の専属秘書にならないか？

浮き浮きした口調で、そんな申し出をしてくるほどに……。

オーナー社長の息子の秘書になれるのならば、それはサラリーマンとしては出世コースだ。

渡りに船とばかりに開き直った怜治は、その申し出に頷き、本社の秘書課に配属されて、着々と秘書としてのスキルを身につけつつあった。

が、思わぬ事態が発生したせいで、怜治の出世コースはあっさり断たれてしまった。

(まさか、あの遊び人に本気の恋人ができるなんて……)

しかも相手は、怜治の職場の先輩でもある仁志の現在の専属秘書で、怜治がかつて仁志の愛人だったことも知っている人だ。

さすがの仁志も、過去の愛人と現在の恋人が同じ職場にいるという状況が気まずかったらしい。

この場合、追い出されるのは、もちろん過去の愛人だ。

そして怜治は、本社の秘書課という花形部署から、風間興産傘下のグループ企業の社長秘書へと職場を変えることになってしまった。

表向きは栄転という形だったが、実際は厄介払いだ。

事情を知らない先輩や同期からは、スピード出世じゃないか、おまえは運がいいんだなと散々言われたが、その度に怜治はなんとも複雑な気分になった。

(本当に運がよかったら、こういう状況になってない)

そもそも、父が死んでひとりになることはなかっただろうし、生活費や学費を稼ぐために高校生の頃からバイトに励んだり、愛人をやったりする必要もなかっただろう。

幼い日に不幸に見舞われたことで様々なリスクを背負っているとはいえ、普通の家庭で育ってきた人達には負けたくないと、生来の負けず嫌いをフルパワーで発動させて必死で勉強してきたからこそ、一流大学に入学できたのだし、一流企業にも入社できた。

運がいいわけではなく、なにもかもが怜治自身の努力の賜《たまもの》だ。

（あの遊び人に本気の恋人ができたのだって、よくよく考えれば、俺が陰であれこれ突《つつ》きまくったせいだもんな）

そういう意味でも、今回の転勤に運はまったく関係していない。

本心を言えば、転勤なんかしたくなかった。

同期や先輩達ともそれなりにうまくやれていたのに、新しい場所でまた一から人間関係を構築していかなきゃならないのだから面倒でうんざりする。

新しい上司となる人物、沢内貴史《さわうちたかし》はオーナー一族の血縁ではなく、海外事業部での実績をオーナー社長に見込まれてのスピード出世なのだと聞いている。

出世のスピードが速いってことは、足場がしっかりしてないってことだ。

となると、ひょいっとつまみ上げられて祭り上げられたひな壇から、ころっとあっさり転げ落ちないとも限らない。

専属秘書ともなれば、上司とは一蓮托生《いちれんたくしょう》の身。

共倒れにならないよう、しっかり支えてやらなければならない。

（橘《たちばな》さんは、頼れる人だって言ってたけど……）

沢内は、仁志の現恋人である橘聡巳《さとみ》とは同じ施設で育ったとかで旧知の仲らしい。聡巳から聞いたところによると、海外勤務が長かった沢内は、本社での堅苦しい人間関係や国内のビジネスマナーの窮屈さにうんざりしていて、ここ最近は、比較的自由に過ごせていた海外の職場に戻りたいとずっとぼやいていたのだとか。

そんな人間がいきなり社長になってうまくやれるのかと怜治が心配したら、それは大丈夫だと聡巳は自信たっぷりに微笑《ほほえ》んだ。

『肝《きも》が据わってるからいきなりの社長業に浮ついたりはしないよ。それに責任感もある人だ。自分の役割をきちんと果たしてくれるはずだ』

子供の頃から少しばかりアウトロー的な気質の持ち主だったから、組織の中で同僚達と横並びの仕事をさせられるのが苦手なだけで、社長という権限を持たされて自由に動けるのならば、むしろ活《い》き活《い》きと仕事をするようになるのではないかと聡巳は言っていたが……。

(橘さんの言うことって、いまいち信用できないんだよな)

長く仁志の専属秘書をしてきた聡巳は、遊び人としての仁志の過去の悪行をすべて知っているし、そのことでずっと迷惑もかけられ続けてきた。

それなのに、それらすべてをいとも簡単にあっさり許して、仁志を恋人として受け入れてしまっている。

自分が身内と決めた者に対しては、とんでもなく甘い人なのだ。

本人に嘘をついているつもりはなくとも、身内の欲目が入っている可能性は大。

だからこそ新しい上司に対する聡巳の評価を、鵜呑《うの》みにすることはできなかった。

（っていうか、実際問題、あれは無理）

まだ本社にいたときに一度挨拶に行ったが、どうしたって頼れる人には見えなかった。

『あ～。……まあ、適当によろしく』

よろしくお願いしますと頭を下げた怜治に対して、沢内は軽く手を上げて面倒くさそうに応じた。

こちらがきちんと挨拶しているにも拘らず、椅子の背に凭《もた》れたまま、立ち上がりもせず怠《だる》そうに応じるその姿からは、一流企業のエリートサラリーマンらしき気概は一切感じられない。

襟元《えりもと》とネクタイはみっともなく緩められ、デスクの上はコーヒーの空き缶やファイリングされていない書類などでゴチャゴチャ。

硬そうな短髪には寝癖がついていたし、前夜遅くまで飲んでいたのか、会話の合間に大あくびした後には酒の匂いまで漂ってきた。

ぶっちゃけ、整然とした一流企業のオフィスより、新聞を手に競馬場にでもいるのがお似合いの風情《ふぜい》だ。

（だらしない）

第一印象が最低最悪だったから、余計に聡巳の評価は信じられない。

（俺がしっかりしないと……）

上司に恵まれなかったのなら仕方ないと、あっさり諦めるつもりはない。

あのだらしない上司の手綱《たづな》を上手に取って、なんとしてでも新しい職場でいい評価を手に入れてみせる。

いつだって怜治は、不本意な状況に陥っても、自分の努力で乗り越えてきた。

今回の転勤も、同じように努力して乗り越えてみせるつもりだ。

（お膳立《ぜんだ》てされたエリートコースより、刺激的でやり甲斐《がい》もあるかもな）

運なんて関係ない。

今の不遇な状況は自分次第でどうにだって変えられる。

頑張りさえすれば、いつかは望み通りの環境を手に入れられるはずだ。

怜治はそう信じている。

2

風間興産傘下のグループ企業である風間建材は、風間興産の事業拡大に伴い、建築資材の生産加工の拠点を増やすため、傘下の小規模な企業を前身としてその規模を拡大する形で五年前に設立された。

広い敷地内には工場群や研究棟が建ち並び、敷地内で働く社員数は千人近い。

転勤しての出勤初日、色々と準備もあるので、怜治は本来の出勤時間より一時間以上も前に会社に到着した。

これだけ大規模な工場になると近隣のバス会社でも融通をきかせてくれるのか、バス停から正門までは一分とかからない。早い時間だけあって、他に出勤する人影もなかった。

「おはようございます」

門を守っているガードマンに挨拶しながら、本社で受け取ってきたＩＤカードをカードリーダーにかざす。ピッという音と共に歩行者用ゲートが開き、塀に覆われた敷地内に入ると、唐突に開けた視界に思わず足が止まった。

（やっぱり広いなぁ）

風間興産の本社ビルをはじめて見たときは、そのビルのデザイン的な美しさや高さに圧倒されて上を見上げたものだ。

だがここでは、その敷地の広さに驚いてぐるっと周囲を見渡してしまう。

工場は二交代制だが、休日明けの早朝だけあってまだ日勤の社員達が出勤してきておらず、マイカー通勤にも対応している広い駐車場には、資材搬送用の大型トラックや社用車程度がぽつぽつと停《と》まっているだけだ。

駐車場を横目に見つつ、工場群や研究棟へと続く屋根つきの遊歩道を進んだ怜治は、迷わず総合事務所が入った建物へと向かった。

再びＩＤカードで扉を開けて中に入り、ホール右奥のエレベーターに乗る。

（一階は倉庫で二階は配送センター、事務所関係は三階で社長室と会議室は四階っと……。まだ誰も出勤してないだろうな）

わざわざ案内してもらわなくてもいいようにと、本社にいたときに、あらかじめここの配置図は頭にたたき込んである。

とりあえず総合事務所の広いフロアに行くと、予想に反して女性がひとり出勤していた。

「おはようございます。――太田くん、よね？」

「はい。太田怜治です。その声、坂本《さかもと》さんですか？」

「そうよ。はじめまして」

総務の責任者のひとりである坂本とは、この会社への異動が決まったときから、何度か電話やメールで連絡を取っていた。

電話の声からは三十代ぐらいのきびきびしたやり手をイメージしていたのだが、リアルで見る彼女は四十代半ばぐらいの、ちょっとふっくらした優しそうな女性だった。

「きっと早めに出勤するだろうなと思って、私も早めに来てみたの」

「ありがとうございます。今日からよろしくお願いします」

怜治が頭を下げると、坂本は元からふくよかな頰《ほお》を更にふっくらさせて微笑んだ。

「こちらこそ、よろしくね。——新卒だとは聞いていたけど、随分と若く見えるわね〜。私服を着たら、家《うち》の子と同じくらいだって言われても信じちゃいそうよ」

「息子さん、おいくつなんですか？」

なんとなく嫌な予感がして恐る恐る聞くと、高校三年という答えが返ってきた。

(……高校生か)

社会人になりスーツを着るようになって、年齢のことをあまり言われなくなったから、年相応に見えるようになってきたのかと思っていただけにちょっとがっかりだ。

ここ最近忙しくて髪が少し伸び気味なせいもあるかもしれないなと、怜治は自分で自分を慰める。

「受験で気むずかしくて、もう大変……っと、こんな話をするために早く来たんじゃなかったっけ。——太田くんのデスクはこっちよ。本社から送られて来た私物は机の下に置いといたから」

「ありがとうございます」

身体を壊して辞めた前社長には、秘書的役割の人間はついていなかったと坂本からは聞いている。

そのために、怜治のデスクを新たに用意してくれると言ってくれていたのだが……。

（……う～ん、微妙）

坂本に指差されたデスクの場所は、怜治的にはけっこうありがたくない位置だった。

だだっ広いフロアの中でも一番大きな島の奥のほうで、その更に奥には大きな窓を背にして一際《ひときわ》立派なデスクが置かれてある。

（たぶんあれ、総務部長のデスクだよな）

社長秘書である自分が部長に一番近い場所に陣取るというのも変な話だし、四階にある社長室とここを何度も往復することになるだろうから、できれば出入り口付近のほうがよかったのだが……。

「ちなみに、隣は私よ」

「それは心強いです。……ですが、逆のほうがよくありません？」

「どうして？」

「そのほうが、すんなり指示も通りそうですし……。そこって総務部長のデスクですよね？」

怜治の問いに、坂本はちょっと困った顔になる。

「違うんですか？」

「ええ。総務部長のデスクは向こうの島の奥。こっちは、社長のデスクよ」

「社長の？　でも、社長室って四階じゃなかったでしたっけ？」

「そうなんだけど……。今はあの部屋、高木《たかぎ》部長が使ってるから」

「高木部長って、海外資材調達の？」

「そうよ。名前を知ってるってことは、あらかじめ本社のほうで、あの人の扱いに対する話を聞いてきたってことね」

困ったものだと言わんばかりに坂本が溜《た》め息《いき》をつく。

怜治は話が見えずに、ちょっと途方にくれてしまった。

「あの……事情がよくわからないんですが……。俺が高木部長の名前を存じ上げていたのは、あらかじめ本社でこちらの人事データに目を通してきたからで、特になにか聞いてきたってことじゃないです」

さすがに千人近い社員すべての名前を覚えるのは無理だが、組織にスムーズに順応するためにも、自分が直接関わり合いになるであろう人達の名前を頭に入れておくぐらいの下準備はしてきている。

「高木部長は、なにか特殊な事情がある方なんですか？」

特別に個室を必要とするような、精神的、身体的疾患がある人がいるとは聞いていないと怜治が言うと、坂本は「そういうんじゃないのよ」とまた困った顔になった。

「本当になにも聞いてないの？」

「ええ。……ただ、こちらに転勤が決まった時点で聞いた話では、前身の工場の時代からいる古参の社員の中にかなりアクの強い人達がいて、彼らがトラブルの元になっていると……」

表向きは一身上の都合ということになっているが、実際は社内の人間関係のトラブルが原因で辞めていく者が風間建材にはけっこういるらしく、そこのところを本社では問題視していたようだ。

もしも実際にパワハラ等が横行しているようだったら、会社の体面《たいめん》などは気にせず、問題をしっかり表面化して正当な処分を下すようにとも言われている。

怜治がそんな話をすると、坂本は「本社では、表向きだけでも、そういうことにしているのかしら……」と困惑したような表情をみせた。

「違うんですか？」

「そうね。実際は逆、むしろ、古参の人達が社員を守ろうとしてるのよ」

「誰から？」

「だから、高木部長からなんだけど……。その様子じゃ、とぼけてるわけじゃなく、本当になにも知らないみたいね。――とりあえず座って話しましょうか」

促《うなが》されるまま、隣り合ったデスクに向かい合って座る。

「高木部長が、本社の風間社長の甥《おい》だってことは知ってる？」

「いえ、初耳です」

「そっか。まずは、そこからね」

坂本が言うには、高木は風間社長の姉の子供であるらしい。そして、オーナー社長の身内という立場を振りかざし、社内で好き勝手していると……。

「好き勝手って……。社長室を使用しているのも？」

「自分がこの会社で一番偉いんだって自己主張しているつもりなんじゃない？」

セクハラパワハラしまくりの高木に、当然社員達は反発する。

今はもう退職した前社長に訴えても、何度も注意しているが聞いてもらえないし、相手が相手だけに強く出ることもできないのだと苦しげに言うばかり。

業《ごう》を煮やした社員が、本社に何度か直訴したこともあったのだが、その度に直訴した本人が処分されるという理不尽な結果に終わった。

「本社が人事に口を出してくるなんて……」

一部の管理職は怜治達のように風間興産から出向という形で風間建材に派遣されるが、他の社員達は風間建材内の人事部が直接面接して雇用している。余程のことがない限り、本社から直接口出しされることはないはずだった。

「つまり、経営者一族には逆らうなって、強権を発動してるんでしょう？　それ以来、触らぬ神に祟《たた》りなしってことで、みんな高木部長には当たらず障らずで係《かか》わらないようにしてるんだけど、工場のほうでトラブルを起こされると、やっぱりそういうわけにはいかないから……ね」

古参の社員達が高木に当たられる部下を庇《かば》って矢面《やおもて》に立ち、正面からぶつかることが何度かあり、その度に前社長が間に立ってなんとか事態を穏便に収めるようにしてきた。

だがそれ故にストレスを溜め続けた前社長は、心身を壊して長期の病気療養に入り、そのまま辞職してしまったのだ。

「新しく来る社長も、けっきょくは高木部長のお守り要員なんでしょう？」

当然のようにそう聞かれて、怜治は返事に困った。

「さあ、どうなんでしょう？　少なくとも俺は、そんな話は一切聞いてませんけど……」

（あの人にそんなことできるのか？）

海外支社にいた頃の沢内は、日本人の仕事のやり方に馴染《なじ》めずに反発していた地元の社員達と会社のパイプ役になり、トラブルを順調に収めていたらしい。

それと同じように、ここでもパイプ役を務めることになるのだろうか？

だが、ここでのトラブルは、国や宗教、生活習慣の違いによる考え方の相違を調整するのとは根本的に事情が異なる。

社長一族のお坊ちゃまのご機嫌を取って、なあなあで事態を丸く収めようって話なのだ。

本社で会ったとき、だらしなくふんぞり返っていたあの沢内が、零れんばかりの笑顔を浮かべ、揉み手で社長の甥っ子のご機嫌を取る。

そんな姿を想像してみようとしたが、どうにもうまくいかなかった。

(イメージに合わない)

というか、その手の調整に必要な細かな気働きができる人だとは思えない。

風間社長が自らの甥の我《わ》が儘《まま》を許しているという話も、なんだかおかしな感じだ。

(これも、イメージに合わないな)

風間社長といえば、かつて怜治の愛人だった仁志の父親だ。

平社員の怜治にとっては雲の上の人だから、入社式などで遠目に見たことはあっても直接の面識はないのだが、それでも仁志と長く一緒にいる間に、何度か父親の話を聞かされたことがあった。

曲がったことが大嫌いな、現実を見据えた理想主義者だと……。

年を取ってから思いがけずできた末っ子である仁志を溺愛《できあい》しているという話も聞いているが、だからと言って仁志の我が儘をすべて受け入れているわけではないようだ。

現に少し前、仁志が自分の勘違いから一社員をクビに追い込みかけるという真似をやらかしたときだって、しっかりと雷を落とされ、降格こそされなかったものの、ほぼ決定事項だった仁志の昇進は無期限で取り消しになった。

クビにされかかった社員に対して、息子が申し訳ないことをしたと社長自ら頭も下げたという話も聞いている。

息子がやらかしたトラブルに対してそういう対処をした人が、甥の傍若無人に耐えかねて直訴しにきた社員に、そんな理不尽な処分をするだろうか？

（……しないんじゃないか）

とは思うが、実際にここではそういう事態が起こっているらしい。

前述のトラブルは表沙汰になっていないことだから、身内が迷惑をかけた社員に社長自ら頭を下げたという話をここでするわけにはいかない。

息子を通して間接的にとはいえ風間社長の人となりを知っている事情も当然話せやしないから、ここではっきりと意見を言うこともできない。

トラブルがあるとは聞いていたが、まさか創業者一族絡みのトラブルだとは思わなかった。

もしかしたら、創業者一族の中に社員には知られていないなんらかの力関係があって、それが関係している可能性だってある。

その場合は、やはり保身のために当たらず障らずの方針でいくしかないのだろうが……。

（トラブルには毅然《きぜん》とした態度で当たるようにって本社では言われてたのに……）

あれはいったいなんだったのだろう？

しょっぱなから首を傾《かし》げることばかりだ。

なんだか先行きが暗くなってきて、怜治はちょっと不安になった。


その後、デスク回りを片付けている間に、次々と社員達が出勤してきた。

新参者である怜治のことは、ほとんどの人が最初から好意的に迎えてくれた。

ただし、今までこの会社には存在しなかった秘書という存在には興味津々みたいで、妙な質問をされるのには少々困らされた。

「本社の秘書課の選抜基準に、顔の善《よ》し悪《あ》しがあるって本当なのかな？」

「身長と体重にも基準があるらしいって聞いたことがあるんだけど」

どっちも初耳ですと誤魔化しはしたが、本社で秘書課にいた先輩達を思い浮かべると、確かに似たような傾向があるような気がしてくる。

（みんな細身で、つるっとした顔立ちだったような……）

印象が薄い醤油顔《しょうゆがお》とでもいうのだろうか、秘書課にいる社員達の顔立ちは皆それなりに整ってはいたが、目立つような派手さを持ち合わせた人はいなかった。アイドル系の綺麗めな顔立ちをしている怜治は、はっきりいって秘書課の中で浮いていたぐらいだ。

もしも密かにある程度の選択基準があったとしても、怜治の場合は社長の息子である仁志の口利きで特別に秘書課に配属されたから、望ましいとされる本来の基準から大幅に外れているに違いない。

そんなことを考えているうちに、気づくと始業時間になっていた。

広い構内にベルが鳴り響き、皆がそれぞれの仕事に取りかかりはじめたが、新任の社長である沢内の姿はどうしたことかまだ現れていない。

（……まさか、初日から遅刻？）

その可能性に思い至った怜治の顔から、ざーっと血の気《け》が引いた。

社長に就任したのが、元からの重鎮だったり社長一族の人間だったのならば問題ない。

だが沢内は、本来ならばまだ社長の座につけるほどの経歴を持たず、風間社長自らが目をかけて特別に任命した人物なのだ。

初日から遅刻だなんて、目をかけてくれた風間社長の顔に泥を塗るようなものではないか。

（秘書である俺の立場だってないよ）

そういうことがないようにと、本社で挨拶した際、転勤後の通勤ルート等を把握していらっしゃいますか？　とあらかじめ沢内に質問していた。

新幹線を使えば都内からぎりぎり通える距離ではあったが、単身者である沢内ならば、怜治と同じように居住地も新しい職場の近くに移すだろうと考えて、もしも引っ越しの手続きなどで手を貸せることがあるようなら遠慮なく申しつけてくださいとも言ってみた。

社長という立場上、申請すれば通勤用の社用車を用立てることもできるとも……。

そんな怜治の申し出に沢内は、その必要はない、自分でできるから大丈夫だと言ったのだ。

(信用するんじゃなかった)

あの日は、酒臭い息を吐く沢内と向かい合っているのが嫌であっさり引き下がってしまったが、こんなことになるなら、だらしなさそうな人だという自分の第一印象を信じて、もっとしっかり話をするべきだった。

着任一日目から遅刻したなんてことが本社に知られたらと思うと、胃がぎゅううっと引き絞られるような感じがする。

「太田くん、新任の社長ってフレックスだったっけ?」

隣のデスクの坂本にこっそり声をかけられ、怜治は首を横に振った。

「いえ。そういう話は伺ってません」

「そう……。事故にでもあったんじゃなければいいけど……」

(その可能性もあった!)

通勤途中で事故にあったのならば、この遅刻も不問になる。

心配そうな坂本とは逆に、怜治はついつい大喜び。

とはいえ、そんな最悪の形での問題解決方法はすぐに却下した。

(人の不幸を望むようになっちゃ人間おしまいだ。とりあえず、今日は遅刻しても仕事に影響は出ないんだから、落ち着いて対処法を考えないと……）

前社長が長いこと病気療養していたせいもあって、現在、風間建材の決済関係は社長抜きで回る体制になっている。

だから新社長の沢内が来ても、就任初日から書類仕事に追われるようなことにはならない。あらかじめ坂本とも相談して、とりあえず二週間ぐらいは工場内の見学を兼ねて社員達に顔見せしたり、近隣の協力会社への挨拶回りをしようという話になっていた。

特に今週は社内を回る予定だったから、一、二時間遅れて来ても問題はない。

そこまで考えたところで、この遅刻が短時間じゃすまない可能性に思い至った。

（呑気《のんき》に考え込んでる場合じゃなかった。とにかく連絡しないと……。っていうか、考え込むより先に、まず本人に状況確認すべきだったんだ）

入社してまだ一年目、しょせん怜治は新人の域を出ていない。

不馴《ふな》れな職場での突発的なトラブルにパニクってしまっていた自分に気づき、会社支給の携帯を手に慌てて部屋を出た。

（……どこか、人のいないところ）

あのだらしないイメージからして、この遅刻は沢内の過失で引き起こされた可能性が高いように思える。となると、新任の社長と秘書に興味津々な社員達の前で通話をするのは、さすがに気まずい。

廊下に出てきょろきょろ周囲を見渡し、社員達はみな出入り口近くのエレベーターを使うだろうと考えて、建物の奥まった場所にある階段の二階と三階の間の踊り場に行き、沢内の社用携帯へと電話をかけた。

（……出ろ……早く出てくれ）

虚《むな》しく響き続けるコール音に苛々《いらいら》する。

そろそろ留守番電話サービスに切り替わりそうなタイミングで、やっと通話が繋がった。

その途端、怜治は挨拶も忘れ、思わず怒鳴ってしまっていた。

「今どちらにいらっしゃるんですかっ‼」

『今か？　今は、この電話に出るために新幹線のデッキに出たところだ』

怒鳴り声に応じる呑気な声に無性にイラッとする。

「新幹線って……なんでそんなことになってるんです？　とっくに始業時間はすぎてますよ。こちらに引っ越しする予定だったんじゃないんですか⁉」

『いや、いまんとこ居住地を変えるつもりはないな。その必要性も感じないし……。――ってか、おまえ、誰？』

「太田です。太田怜治！」

『太田怜治？　……ああ、前にわざわざ挨拶に来てくれた奴か。悪いが、そっちの会社の奴らにちょっと遅れるって言っといてくれないか』

「そんな呑気な……。どうして新幹線の時間に遅れたりしたんです？」

『いや、それが昨夜《ゆうべ》……っていうか朝方まで飲んでたもんで、うっかり寝坊した』

ははっと呑気な笑い声が聞こえる。

「ふざけないでください‼」

怜治の苛々は頂点に達した。

「社長就任初日に寝坊だなんて、あなたには緊張感ってものがないんですか⁉　これが本社に知られたら、あなたの評価は確実に下がります。あなたを社長に推した風間社長の顔に泥を塗ることになるんですよ？　その結果、自分がどういう立場に追い込まれるか理解してますか⁉」

『あ～、まあ、そうカリカリするなって』

沢内は苦笑しているようだ。

怜治の怒鳴り声に耐えかねてか、携帯を顔から離したらしく、さっきまでより聞こえてくる声に距離感がある。

『少しぐらい立場が悪くなっても、俺なら平気だから』

「あなたはよくても、俺はよくないんです‼　もっと自分の立場を自覚してください！」

『だから、そう怒るなって。俺がどうこうなったって、おまえには関係ないだろ』

「関係あります！　大ありです‼　関係ないわけないでしょう⁉」

『なんでだ？』

「なんでって……。俺が、あなたの秘書だからですよ！」

『俺の？』

「そうです。あなたのために、俺はこっちの会社に転勤してきたんです」

『そうなのか？　たまたま秘書に欠員が出て、一緒のタイミングで転勤することになったんだろうと思ってたんだが……』

「違います。俺は、あなたの秘書です！　聞いてなかったんですか？　っていうか、聞いてなくても、社内報に目を通していればわかることですよね？」

『わり。アレ、面倒で読んでないんだ。――そっか。おまえ、俺の関係者だったのか……』

参ったな、と小さく呟く声が聞こえる。

それまでの呑気な調子と違って、真剣味が増した声に怜治は軽い怒りを覚えた。

（秘書なんかいらなかったってか？）

余計なお荷物を抱え込まされたとでも思っているのだろうか？

怜治だって初日から遅刻するようなデタラメな上司なんか願い下げだ。

「俺の存在がお邪魔で不快で必要ないんだったら、本社のほうにそう申し出てくださってけっこうですよ？」

刺々《とげとげ》しい声で告げると、『いや、そうじゃない』と、はじめて慌てたような声が聞こえてくる。

『勿体《もったい》ないことしたなぁと思っただけだ』

「勿体ない？　なんですそれ？」

『まあ、詳しい事情は後でな。――とりあえず、先に謝罪だけしておくよ』

悪かったな、という言葉の後に、一方的に通話が切れる。

「……なんなんだ？」

一方的に謝られてしまったが、遅刻したことに対する謝罪と受け取っていいのだろうか？

（……なんとなく、違うような気がする）

あれは、後で話すと言っていた詳しい事情のほうに係わる謝罪なんじゃないか？

となると、その事情は、初日から遅刻するよりもっと悪いことに違いない。

なんだか、もの凄《すご》く嫌な予感がする。

とりあえず事務所に戻ろうと怜治が階段を上りかけると、三階の廊下に人影が現れた。

「――ん？　見ない顔だな。おまえ誰だ？」

三十代半ばぐらいの神経質そうな痩《や》せた男が、怜治に気づいて、高い場所から値踏みするような視線を向けてくる。

（そっちこそ誰だよ）

あからさまに人を見下した態度にカチンときたが、とりあえずはお愛想笑いを浮かべて、今日からこちらで働かせていただくことになった……と定番の自己紹介をしてみる。

「妙に綺麗な顔をしてると思ったら、例の秘書か……。まあ、連れ歩くにはやっぱり綺麗なほうがいいのは確かだが、男じゃ役に立たないな。どうせなら女を寄こしてくれればいいのに……。本社も気がきかない」

その、あまりにも人を馬鹿にした物言いに、再びカチンときた。

(顔だけで選ばれたわけじゃない)

さっき秘書課の選抜基準に顔の善し悪しが関係あるのではと聞かれても腹が立たなかったのは、あくまでも単純な好奇心から出た質問だと感じられたからだ。

でも、これは違う。

能力の有無ではなく、この顔だけで入社試験をクリアしたかのような見下した物言いが、馬鹿にされたようで気に障る。

(ちゃんと試験をクリアしてるよ。……ぎりぎりだけど)

普段だったら、この程度のことは笑って流せるが、今日はちょっと無理だった。

出勤初日の緊張でもともと気が昂《たか》ぶっていたし、沢内との電話のやり取りで苛立《いらだ》った気分が収まりきっていない。

そのせいか、どうしても我慢がきかなかった。

「秘書は社員のためのコンパニオンではありませんし、アクセサリーでもありません。男であろうと女であろうと関係ないはずです。私は正式な入社試験を突破してきましたし、秘書としてのレクチャーもきちんと受けてきています。役に立たないような人間を、本社が派遣するとお思いですか？　もし本当にそう思ってらっしゃって、女性のほうがよかったと言われるのでしたら、その苦情は直接本社に言ってください」

そんな怜治の反発に、男は狼狽《うろた》えるでもなく、ただ不満そうな顔をした。

「……おまえ生意気だな。俺を誰だと思ってるんだ？」

「申し訳ありませんが、ご存じのように本日づけで着任したばかりですので存じ上げません」

「俺は海外資材調達の高木だ」

（げっ、こいつが）

ついさっき聞いたばかりの、風間建材のトラブルの原因。

しくじったなと思いはしたものの、負けず嫌いの性格が祟って、ここで下手《したて》に出る気にはどうしてもなれない。

（えっらそうに……。おまえこそ、ちゃんと入社試験受けてきたのかよ）

経営者一族という立場を使って傍若無人にふるまえるような人間性から思うに、入社試験だってコネの力を最大限に利用してクリアしてきたに違いない。

いや、むしろ入社試験を受けたかどうかも定かじゃない。

「着任したばかりで知らないだろうから特別に教えてやるがな、俺は風間社長の甥なんだ。

あんまり生意気なことは言わないほうが身のためだと思わないか？」

「言われている意味が理解できません。――ほんの短い間ではありますが、本社で私は、オーナー社長の末のご子息の秘書を務めていました。ですが、社長のお身内だからといって、他の重役達と扱いを変えるようにとの指示を先輩方から受けたことはありませんでした」

「……仁志くんのところにいたのか」

なにか特別なご指示があるのでしたら伺いますが？　とわざと慇懃《いんぎん》無礼な態度で聞くと、高木はもういいとそっぽを向いてどこかに行ってしまう。

（……嫌な奴）

さっき聞いた坂本の話を、怜治は完全に信じてはいなかった。

もちろん疑っていたわけでもなかったが、鵜呑みにはできないと思っていたのだ。立場が変われば見方も変わるもの。だから、坂本だけじゃなく、社内の他の人達からも話を聞いて、確実な情報を得ようと考えていた。

だが、問題の人物を直接見て、もう裏付けは必要ないと感じた。

（虎《とら》の威《い》を借る狐《きつね》っていうよりは、張り子の虎か）

本社社長の身内だという理由だけで威張り散らしていて、中身がまったくない。

風間社長には三人の息子がいて、年齢順に出来がいいと言われている。

かつて怜治を愛人にしていた仁志は末っ子だから、それでいうと最低ランクに位置するわけだが、それでもまだ二十代の若さで社運を懸けたビジネスを何件か成功させた実績があり、交渉事に秀でていると、社内だけでなく業界内でも評判になっていると聞いている。

だが、風間社長の甥の評判なんて、本社にいた頃には一度も聞かなかった。

社内的にも対外的にも、話題に上るような働きを一切していないってことなんだろう。

仁志の話題を出した途端、早々に話を切り上げて行ってしまったのは、きっと年下の従兄《いと》弟《こ》の実績や評判に対してなにか思うところがあるからに違いない。

（ざまあみろ）

ちょっとだけ溜飲《りゅういん》が下がったが、仁志の名前を出した自分も、社長の威光を笠《かさ》に着て威《い》張《ば》る高木とそう違わないかもと思い至りすぐに凹《へこ》んだ。

落ち込み気味にデスクに戻ると、怜治が席を外した理由に気づいていた坂本が、心配そうに声をかけてきた。

「まさか、本当に事故だったの？」

「あ、いえ、違います。ピンピンしてました。あと一時間程で社につくそうです」

「そう。それならよかった。……でも、そのわりには表情が暗いわね」

どうかしたの？　と問われて、怜治は「さっそく噂の高木部長とぶつかってしまいました」と素直に答えた。

「あら、まあ……。初日から随分幸先《さいさき》悪いわね」

本気で心配そうな坂本の顔に、反抗しないほうがよかったかなぁと、怜治はちょっとだけ後悔した。


そして一時間後、やっと沢内が出勤してきた。

「おう、おはよう」

事務所にやってきた沢内が、社員達に気さくに挨拶する。

緩めた襟元とネクタイに、年季の入ったヨレヨレの背広。そして寝癖がついた髪。

本社で会ったときと、ほぼ変わらぬ姿のままで……。

(この人、どんだけだらしないんだ)

普通、転勤初日といったら、それなりに身綺麗にするものだ。

それが人生初の社長就任となったらなおさらで、スーツぐらいはそれなりのグレードのものを新調してでも身につけてきそうなものなのに……。

あまりのだらしなさに絶句する怜治の周囲では、唐突に部屋に入ってきただらしない身形《みなり》の男の正体がわからず、困惑した他の社員達が、誰？　とざわついている。

(さすがに、あれじゃ新任の社長には見えないか)

最初に挨拶したときは座っていたからピンとこなかったが、沢内はかなり背が高い。

南国に何年も暮らしていたせいか色黒な顔に、がっしりした身体つき。

一見するとブルーカラーっぽくも見えるから、慣れないスーツを着て工場に面接に来た人間が、うっかり管理棟に迷い込んだのではないかと思われている可能性もある。

「おはようございます」

怜治は慌てて沢内に駆け寄って行った。

「沢内さん、第一印象悪すぎです。せめてネクタイぐらいは直してくださいよ」

小声で言いながら、できる限り身形を整えなければと襟元に手を伸ばす。

だが沢内は、その手を途中で摑《つか》んで止めた。

「このままでいい。取り繕ったところで今さらだ。——高木部長はここにいるか？」

沢内が怜治の頭越しに社員達に問いかける。

怜治が駆け寄って行ったことで、社員達も沢内が新任の社長だと気づいたようで、即座に返事が戻ってきた。

「いえ、ここには……。お呼びしましょうか？」

「頼む」

沢内の言葉に、若手の社員が飛び出すようにして部屋を出て行く。

（……ここにいる社員達より、高木部長への挨拶を優先するのか）

沢内は、本社で高木のことを聞かされてきたのだろうか？

その上で、一番優先すべき相手と判断して、真っ先に挨拶しようとしているのか。

（その程度の人か……）

怜治は目の前の男を心の中で見下した。

現実では見上げる視線の先、あちこち髭《ひげ》の剃《そ》り残しがある顔が、怜治を見てにっと微笑む。

「まあ、そう怒るな」

不意に、ぽんっと頭の上に大きな手の平が乗せられた。

唐突なスキンシップに怜治の身体は硬直し、次いで怒りが湧いてくる。

（くそっ、なんだこの馴れ馴れしさは……）

だが、ここで怒ったりしたら、逆に面白がられそうだ。

「……重いんですが」

沢内をじっと見上げて、静かに呟く。

「ああ、悪い。ちょうどいい位置に頭があったもんだから」

（俺が小さいのが悪いってか）

イラッとしたが、ぐっと我慢して怒りの対象から目をそらすと、今度は頭の上で小さく笑う声がした。

「……なんですか？」

「いや、随分短気だと思って」

「なっ」

カッとして言葉を失う怜治に、「ついでに怒りっぽい」と沢内がつけ加える。

「構い甲斐がありそうだな。本当に勿体ないことをした」

「勿体ないって……」

そういえば、電話でも同じフレーズを聞いた。

どういう意味かと問いかけるより先に、若手の社員に呼ばれた高木がやってきた。

「海外資材調達の高木だ。新社長が直々《じきじき》にお呼びだそうで」

「ああ、呼んだ。あんたが高木部長か……」

沢内は、怜治に対したときと同じ、人を見下したような高木の視線を受けとめて、しばらく黙っていた。

「こりゃ駄目だな」

やがて、独り言のようにぼそっと呟くと、軽く身を屈《かが》めて「頼むから、しばらくの間、黙っててくれ」と怜治の耳元でぼそっと囁《ささや》く。

わけもわからないまま仕方なく頷くと、沢内はまた高木に視線を戻した。

「高木部長、あんたは今日限りでクビだ」

なにがはじまるんだと静まりかえっていた広い部屋の中、大きな身体に似合う沢内の低音の声が響いた。

「なっ、なに言ってるんですかーっ‼」

あまりにも常識外れな解雇宣言に、しばらくの間黙っててくれと言われたことも忘れて、怜治は思わず怒鳴ってしまっていた。

労働基準法を知らないわけじゃないですよね！　と更に文句を言おうとした口を、沢内の大きな手の平が塞《ふさ》ぎ、暴れないようにともう片方の腕で背後からがっしりと押さえ込まれる。

「だから黙ってろって。おまえ、本当に短気だな」

「……うぅ」

じたばた暴れてみたが体格差もあってどうにもならない。

怜治にできるのは、苦笑気味に見下ろしてくる沢内を睨《にら》みつけることだけだ。

「——いや、今のはさすがにびっくりした」

そうこうしているうちに唐突なクビ宣言に驚いていた高木が我に返り、皮肉げな笑みを浮かべて肩を竦《すく》めた。

「この俺にそんなことを言ってもいいと思ってるのか？」

「思ってるから言ってる。文句があるなら、俺をこの会社の社長に任命した、あんたの叔父《おじ》さんに直接言ってくれ」

「……そうさせてもらう」

オーナー社長の甥だと知った上での暴言だと言外に言われた高木は、これ以上なにを言っても無駄だと思ったのか、そのまままきびすを返して去って行ってしまった。

「さて、どんな結果が出るか。楽しみだな」

（なにを呑気なことをっ‼）

よりによって経営者一族の人間相手に、労働基準法を無視してクビ宣言をしたことが本社に知られたら、いったいどんな事態が発生するか想像したくもない。

上司の暴言を止められなかったことで、怜治自身にもおとがめがあるに違いない。

（この考えなし！）

呑気なことを言っている沢内の足を思いっきり踏みつけて、その腕の中から逃れる。

「――ッ。……イテェな。短気な上に、乱暴者なのか？」

「乱暴なのはそっちでしょう。自分がなにを言ったか理解してるんですか？」

「してるしてる。大丈夫だって」

「大丈夫なわけないでしょう！」

「そうですよ。とてもじゃないが、大丈夫だとは思えません」

唐突な事態にフリーズしていた他の社員達がザワザワしだし、総務部長や坂本達が心配そうな顔で歩み寄ってくる。

「大丈夫だ。少なくとも、この会社は今までよりもマシにはなる」

「しかし、あなたの立場はどうなりますか？」

「クビにはならないだろ」

心配そうな総務部長に対して、沢内は呑気な口調で答える。

「悪くても、降格されて地方の営業所にでも左遷される程度だ。社長なんて柄じゃないし、本社で礼儀正しくお仕事をするのも窮屈だったしな。むしろ、僻地《へきち》に飛ばしてもらったほうがありがたいぐらいだ」

「馬鹿言わないでくださいっ‼」

沢内が就任初日のトラブルで降格なんてことになったら、異例の出世スピードで彼を社長に任命した風間社長の面目《めんぼく》だって丸つぶれになる。

ついでに怜治自身、迷惑を被《こうむ》るのは確実。

それがわからないのかと文句を言おうとしたら、またがしっと捕まって口を塞がれた。

「ふぐっ」

「そう怒るな。ちょっとは落ち着いて俺の話を聞けよ。——悪いな、ちょっくらこいつを落ち着かせてくる」

総務部長達にそう告げると、沢内は怜治を拘束したまま廊下に出た。

ずるずると引きずられて行った先は、長い廊下の一番奥。自動販売機等が置かれ、休憩スペースになっている一角だった。

「いいか、これから手を離すが、いきなり怒鳴るなよ？」

恐る恐る口から大きな手が離れていく。

（誰のせいで怒ってると思ってるんだ）

短気で怒りっぽいところがあるのは事実だが、今までそれを指摘されたことはない。

そんな自分の質《たち》が欠点だと自覚して、感情を抑えて冷静に対応する努力を続けてきたからだ。

今までは充分にその努力が報われてきたのだが、目の前にいる男相手だとどうもうまくいかない。

（きっと相性が悪いんだ）

怜治は深呼吸して、気を落ち着かせた後で、なるべく冷静を装って沢内を見上げた。

「沢内さんは、高木部長のこの会社内での評判を知った上で、ああいうことをなさったと理解してもよろしいんですか？」

「ああ、そうだ。おまえも知ってたか」

「はい。……ついさっき聞いたばかりですが」

「そうか。俺は辞令を受けた後、同期に頼んで調べてもらって知った」

「調べた？」

「ああ。トラブルがあるってわかってるのに、行き当たりばったりで社長に就任するわけにはいかないだろう？」

（……へえ、意外）

たまたま偶然知ったわけではなく、能動的に知ろうとしていたとは……。

「自分で調べられれば一番手っ取り早かったんだが、海外が長かったからこっちにルートがなくてな。仲がよかった同期達に頼んだら、その礼代わりに入れ替わり立ち替わり酒を奢《おご》られて辟易《へきえき》したよ」

昨夜もそれで遅くまで飲んでたんだと沢内が言う。

（そっか……。ってことは、最初に挨拶した日も、それで酒臭かったのかも……）

などと、怜治はうっかり納得しかけてしまったが、そもそもちゃんとした人だったら社長就任初日に寝坊なんてしないだろうし、遅刻すると確定した段階で連絡をくれるはずだと改めて気を引き締める。

「それで、高木部長の素行の悪さを知ったというわけですか」

「ああ。ついでに本社人事部の一部社員の悪行もな」

「え？」

「そこまでは知らないか。——高木部長の素行を訴えた社員が、不当に処分されてることは知ってるか？」

「はい。それは聞きました」

「うちはハラスメント系の問題には厳しい企業だ。それなのに変だとは思わなかったか？」

「社長一族に逆らった見せしめだと、この会社では思われてるみたいですけど……。違うんですか？」

「ああ、違う」

本社内にいる沢内の同期がその伝手《つて》を使って調べてくれたところによると、その社員達の訴えは社内の相談窓口には届いていなかったらしい。

その前の段階で握り潰《つぶ》され、その上で、彼らはでっち上げの理由で処分されていたのだ。

「そんなことできるんですか？」

「これができるんだ。本社の人事部の人間と、ここのトップが手を組めば」

「ここのトップって……。もしかして、病気療養でお辞めになった前社長ですか？」

「その通り」

「そんな……」

本社の人事関係の窓口の人間が社員達の訴えを握り潰し、更に前社長がでっち上げの報告をして、その社員達を不当に貶《おとし》める。そして、風間建材側にはその事実を伏せたまま、自分の立場では本社からの圧力には逆らえないのだと被害者を装う。

できない話ではないが、そんなあからさまな不正に誰も気づかなかったのだろうか？

別会社とはいえ、本社の人間との関わりだってそれなりにあるのに……。

（……そっか、先入観で目隠しされてるのか）

風間建材絡みのトラブルの原因が高木だと教えてくれた坂本は、社長一族に対してあまり好印象を抱《いだ》いてはいないようだった。

その反面、前社長のことは、古参の社員と高木の間に立ってなんとかトラブルを収めようと努力してくれていたと好意的な意見を言っていた。

自分も被害者のふりをした前社長が、悪いことの原因がすべて経営者一族にあるような態度を取り続けてきたせいで、みんな騙《だま》されていたのだ。

不当な処分理由をねつ造されたことも含め、すべてが表沙汰にはできない創業者一族の圧力の一環だと……。

「前社長は高木部長に弱みでも握られていたんですか？」

「高木部長にというよりは、その親に頭が上がらなかったみたいだな」

風間社長の姉の夫、高木の父親は風間興産の重役のひとりだ。前社長を風間建材の初代社長に強く推薦したのがその人物で、逆らえなかったのだろうと沢内は言う。

「似たようなルートが他にも複数あるみたいだ。ちょっと調べたら、同じような私的制裁が他の営業所でも見つかったって、同期が頭抱えてたよ。知りたくなかったとさ」

「……それは、俺でもそう思うかも……」

「やっぱそうか。相手が創業者一族の一員だしな」

相手が相手なだけに、うっかりその事実を表沙汰にしてしまったら、間違いなく社内での立場は悪くなる。創業者一族の顔色を窺《うかが》う傾向のある上司からの風当たりは強くなるし、出世の芽だって確実に摘まれてしまうだろう。

残念ながら、正義感だけで渡っていけるほど世の中は単純じゃない。

「となると、この問題、表沙汰にはしないんですか？」

「いや、するさ。っていうか、もうした。——匿名で何人かの重役に文書を送ってある」

「匿名だったら、それこそ握り潰されそうですね」

「だから同じタイミングで騒ぎを起こしたんだよ」

「え？」

「今ごろ、クビだと言われた高木は、間違いなく親父《おやじ》さんかお袋さんに泣きついてるはずだ。そこで当然、返り討ちを狙《ねら》って俺をクビにしてやろうと画策しはじめるとは思わないか？」

「でしょうね。……でも、沢内さんをここの社長にごり押ししたのは風間社長だから、クビにするには風間社長を通す必要があります。人事部の一存じゃどうにもできない」

「その通り。俺を処分しろと言う高木家の言い分と、匿名の告発文書。——風間社長はどっちを信じると思う？」

「たぶん両方。——人伝《ひとづて》で聞いた限りでは、風間社長はとても公平な人物らしいので、どちらの情報もいったん受け入れて、事実確認をするんじゃないかと思います」

「俺もそう思う」

沢内がぽんと怜治の頭に手を乗せる。

「だから重いですって」

二度目だけにもう遠慮はいらないだろうと、怜治は頭の上の手をぺしっと払い除《の》けた。

「調査されても平気なんですか？」

「たま〜に仕事をさぼったりはしてたが、あからさまな不正はしてないから、まあ大丈夫なんじゃないか。とはいえ、社長の甥相手に労働基準法を無視したクビ宣言をやっちまったんだ。それなりの処分は覚悟しているさ」

沢内は、からっと明るい声でそう言った。

「よく知らせてくれたって誉められて、おとがめなしになる可能性は？　沢内さん、風間社長のお気に入りなんでしょう？」

「お気に入りかどうかは知らないが、さすがにそれは無理だろう。風間社長はよくても、バックにいる一族の皆さんが黙っちゃいないって」

（そうかも……。どうしたって、処分はされるか）

創業者一族の一員である高木やその父親の立場を危うくし、プライドを傷つけるような真似をしたからには、彼らに近しい親族達の私的な怒りを買うのは必至だ。

「……もっと賢いやり方は思いつかなかったんですか？」

「どうもまどろっこしいことは苦手でな。色々考えてるうちに面倒になって、一番手っ取り早い方法を取ることにした」

「こんなの、自爆テロみたいなものじゃないですか」

自分が起こしてしまったアクションで、沢内自身も火の粉をかぶるのは避けられない。となると、一蓮托生で怜治にも火の粉が襲うだろう。

「あなたが左遷されたら、俺がここにいる理由もなくなるんですけど」

「だから先に謝ったじゃないか」

「謝られても嬉しくないです！　引っ越しまでしたのに、すぐにまた転勤しなきゃいけなくなるなんて……。——ああ、そうか、それで沢内さんは引っ越しを考えてなかったんですね」

どうせすぐに飛ばされるのならば、引っ越すだけ無駄だと思ったのだろう。

「——自分ばっかり狡《ずる》いです」

怜治は思わず沢内を睨みつけた。

「そう怒るな。今回の件におまえは無関係だってことは、風間社長にちゃんと言っておく。おまえの経歴に傷はつかないさ」

ぽん、とまたしても頭の上に沢内の手の平が乗る。

「だから重いですって」

怜治はそれを思いっきりぺしっと払い除けてやった。

沢内がやらかしてしまったことの結果が出るまで一週間か、それとも一ヶ月か。

いずれ去る職場だとしても仕事をしないわけにはいかない。

怜治は自分のデスクに戻ってノートパソコンを開き、今日の業務リストをチェックしはじめる。

一緒に戻った沢内は、やはり自分のデスクについて、社長の椅子の座り心地のよさをふんぞり返って満喫しつつ、総務部長達となにやら話をしている。

――この会社の人達には俺のほうから適当に言っておくから、おまえはなにも知らなかったことにしとけ。

事務所に戻る前に沢内からはそう言われている。

漏《も》れ聞こえてくる会話を聞いた限りでは、もともと柄じゃない社長の椅子に長く座るつもりがなかった沢内が、高木の悪行を噂で知り、これはちょうどいい一石二鳥だと考えてクビ宣言したことになっているようだ。

前社長が隠れて行っていた工作に関しては、一切口にするなとも言われている。

ここの人達が前社長に好意的だということを沢内も知っているらしい。

――知らせたところで混乱するばかりだからな。

いずれは知ることになるとしても、今の段階では真実を知らされても、社員達は素直に信じられずに戸惑うだけだ。

騙されるものかと警戒したり、嘘をついているに違いないと疑ったり。疑心暗鬼になった後で否定しようのない事実を突きつけられたりしたら、事実を話していた人を疑ってしまったと気まずさを覚えることになる。

そんな不愉快な思いをわざわざさせる必要はないと、沢内は言った。

(案外繊細な考え方ができるんだ)

人は見かけによらない。

ほんのちょっとだけ見直してやってもいいのかもしれないと怜治は思った。

「挨拶したところで意味ないだろうが」

「だからって昼寝してるわけにはいかないでしょう？　一応、仕事らしいことぐらいはしてくださいよ」

午後からは当初の予定通り、どうせ転勤になるのにと面倒くさがる沢内の背中を押して工場棟への見学を兼ねての挨拶回りに出た。

この会社の人達は社長一族に対してあまり好感を抱いていないから、当然、オーナー社長に抜擢《ばってき》されて社長の座についた沢内に対しても厳しい態度を取るのではないか？

そう予想していたのだが、昼休みの間に高木絡みの午前中の騒動がある程度広まっていたらしく、むしろ行く先々で沢内は好意的に迎えられた。

「若い社長さんだって聞いたから、どんなエリートが来るのかと思ったら、案外気さくそうですな。安心しましたよ」

最高齢の工場長、平野《ひらの》は、だらしなくネクタイを緩めた沢内の姿に目を細めた。

一方、怜治のことはひとめ見て気に入らなかったようで、

「随分とチャラチャラした顔してやがるじゃねぇか。うちの若い女の子達に遊びで手を出しやがったら承知しねぇからな」

と、思いっきり威嚇《いかく》してくる。

(チャラチャラした顔ってなんだよ。それに女の子に手なんか出すわけないだろ。俺はゲイなんだから)

なんて本心を口に出すわけにもいかず、「肝に銘じておきます」と、怜治は愛想笑いでそれに応じた。

とはいえ密かにふて腐れていたので、沢内と工場長の後に続いて工場内を見渡すことができる二階部分のギャラリーを歩きながら、手を出すとしたら男だなと、作業員達の姿を眺めて好みのタイプを捜そうとして、ふと考えた。

(俺の好みってどんなだろう?)

具体的に、こういうタイプが好きだと意識したことが今までなかった。

かつて愛人をしていた仁志の顔が真っ先に脳裏に浮かんだが、あれは違うと即座に却下す

る。

ほんの一瞬だけ心が動いた時期もあったのは事実だが、生まれながらのステイタスと誰が見てもイケメンだと認める華やかな容姿に惹かれただけ。

いわば、アイドルに憧れたようなものだ。

（となると、あいつみたいな奴か……）

次いで浮かんだのは、自分がゲイだと自覚するきっかけとなった初恋の相手、高校時代の親友の顔だ。

仁志のような派手な顔立ちではなく、どちらかというと硬派な印象の男前で、高校ですでにがっしりした体格をしていて身長も高かった。

彼が大人になったみたいな奴はいないかと見渡してみたが、茶髪だったりひょろっとしていたり軽そうだったりずんぐりしていたりと、いまいちイメージに合う者がいない。

諦めて前を歩くふたりに視線を戻した途端、凄く嫌なことに気づいた。

（ちょっとだけ、沢内さんと外見の印象は似てるか……）

大柄な体格と短く刈っただけの洒落《しゃれ》っけのない黒髪、甘いところがない男臭いすっきりした顔立ちも、大人になった親友のイメージとだぶる。

だが、だからと言って、特にどうということもない。

似ているのは外見のイメージだけで、中身はまるで違ったから……。

（あいつは無口で頑固な奴だったし……）

沢内のように、初対面の相手となんの気負いもなく話せるようなタイプではなかった。

高校時代、親友同士だったふたりの間にちょっとしたわだかまりができたときも、彼はそのわだかまりを解消すべく言葉を尽くしてはくれなかった。

自分の意見をストレートに言うだけ言って、怜治がそれをはっきり拒絶すると、後はもうなにも言わずにただ黙していた。

怜治も頑固で、更に負けず嫌いでもあったから、自分から折れるつもりはまったくなく、そんな彼に自分から言葉をかけるような真似もしなかった。

親友としてずっと仲良くしてきたのに、余計なことを言って気まずくしたのは向こうだ。だから、向こうが折れるのが筋だと思っていた。

互いに一歩も譲らず歩み寄ることをしなかったから、ふたりはそのまま疎遠になった。

（今から思うと、ホント馬鹿だな）

ほんのちょっと意見を譲るなり、弱い部分をみせて向こうに譲らせるきっかけを作るなりすればよかったのだ。

だが、当時はそれがどうしてもできなかった。

（今よりずっと不器用で融通がきかなかったから……）

怜治がしょっぱい気分に浸って溜め息をつくと、「どうした？」と不意に沢内から声をかけられた。

「工場見学に飽きたか？」

「なんだ兄ちゃん。仕事する気がねぇのか？」

「ち、違いますよ」

どうせすぐに去らなきゃならなくなる工場だけに、見学に身が入らないのは事実で図星なのだが、沢内の隣にいる工場長から怖い視線を受けた怜治は慌てて首を振った。

「午前中のあの騒動の気疲れが、今ごろになって出ただけです」

「おっ、例のクビ宣言か？」

怜治が振った話題に、工場長が飛びつく。

長年悩まされ続けてきた人物がクビになるかもしれないのだ。きっと事の真相を、本人の口から直接聞きたいに違いないと思って話題を振ってみたのだが、どうやらうまくいった。

「で、社長、実際のところはどうなんです？」

「実際って……。どこまで聞いた？」

怜治の存在を忘れ、再び歩き出したふたりが和気あいあい話し出す。

（ちょろい）

高校の頃とは違い、今はこんなに上手に危機回避できる。

後悔を糧《かて》に、怜治だってちょっとは成長しているのだ。

（だから、きっとあれはあれでよかったんだ）

あのしょっぱい経験を自分は決して無駄にしてはいないのだから……。


そろそろ終業時間が近づいてきたところで挨拶回りを切り上げて、三階の事務所に戻った。するると若手の社員達がすすすっとふたりに近づいて来て、「この後、ご予定は？」と聞いてくる。

特にないと答えると、それなら歓迎会を開きたいと言う。

「歓迎会をしてもらっても、すぐにここから飛ばされることになるかもしれないんだぞ？」

「それでも、やっぱり俺達、社長を歓迎したいんですよ。っていっても、正式な歓迎会じゃなくて、ごくごく内輪なんですが……。この近くに、社員達が普段からたまり場にしてる、美味しい魚料理を食べさせる居酒屋があるんです」

「そりゃいいな」

沢内がふたつ返事で頷き、そのまま皆と一緒に怜治も居酒屋へ行くことになってしまった。

「沢内さん、新幹線の最終の時間、覚えてますか？」

居酒屋へと向かう道すがら、もし覚えていなかったら調べておかなくてはと思って聞くと、大丈夫だと沢内が言う。

怜治は、「ホントですかあ?」と、思いっきり疑いの目を向けた。

「あなたの大丈夫は当てになりませんからね」

「本当に大丈夫だって……。最悪乗り遅れたら、こっちに泊まればいいだけだろ」

「なるほど、それもそうですね」

駅近くに行けば、いくらでも空いているビジネスホテルが見つかるだろう。

むしろ、そうしてくれたほうが、寝坊してもタクシーに乗ればいいだけの話だから、新幹線の時刻表に左右されないぶん、大幅に遅刻する危険性が減りそうだ。

(……今日は、まっすぐ帰りたかったな)

初日から色々ありすぎて、正直気疲れしまくっている。

社員同士の飲み会は決して嫌いではないが、どうせすぐにここから異動になるだろうから、親睦を深めたところで意味がないとあまり気乗りもしない。

案内された居酒屋はかなり年季が入った建物で、テーブル席と広い座敷には一切仕切りがない作りになっていた。本社の同期と飲みに行くときは、半個室があるような洒落た店にばかり行っていたので、この手の庶民的な店には微妙に気後れがして居心地が悪い。

宴会がはじまる前から早く帰りたいと思っていたが、乾杯の後、テーブルに並べられた料理に口をつけた途端に、ころっと気が変わった。

「……あ、美味しい」

どこにでもある温野菜のサラダに見えるのに、驚くほどに野菜の味がしっかりしていて実に美味《うま》い。

「でしょう？　ここは新鮮な地物の野菜を使ってるから間違いないんですよ。魚も美味いですよ。この煮魚なんか、もうふわっふわですから」

食べて食べてと、女性社員達が大皿に盛られた料理をこぞって取り分けてくれる。勧められる料理は、どれも本当に美味しい。それだけでも、ここに来た甲斐があったと思わせるほどにだ。

美味しいものを食べると、自然に気分もよくなる。話しかけられるまま、名前と顔を一致させながら、今日会ったばかりの社員達と気さくに会話を交わすこともできた。

こうして覚えたことが、何日か後には全部無駄になるのだと思うと、軽く胸が痛むぐらいには楽しい時間だった。

ここで新任の社長の歓迎会をやっていると口コミで広まったのか、ふと気づくと今日工場で挨拶した人達もぽつぽつと顔を出しはじめた。

この店の常連客に風間建材の人間が多かったこともあって、店内はほぼ風間建材の貸し切り状態になってしまい、テーブルを超えて会話が飛び交い、とても賑《にぎ》やかだ。

特に沢内の周囲は、我先にとお酌したり話しかけたりする社員達が集まるものだから、一際騒がしい。

（みんな、本当に嬉しいんだな）

ずっと悩まされてきた高木が、会社からいなくなるかもしれないことが。

そして、自分達ではどうすることもできなかった悩みを、あっさりと解消してくれた新しい社長に心から感謝もしている。

これからの自分達の会社に希望が見えてきたと喜んでいるのがよくわかる。

（沢内さんがこのままここに留《とど》まれたら、それなりにいい社長になれたかもしれない）

かなり適当で大雑把《おおざっぱ》みたいだが、沢内は社員達の気持ちをちゃんと思いやってあげていた。

しょっぱなで高木相手にクビ宣言をやらかしたことで、社員達が彼を見る目には明らかな信頼感と好意が見て取れる。

ある意味両思いなのだから、うまくいかないわけがない。

（異動が確定したら、きっとみんながっかりするだろうな）

ままならないものだ。

その日の料理は素晴らしく美味かったが、ビールはちょっとだけ普段より苦く感じた。

散々飲んで食って大騒ぎして、やっとお開きになったときにはもう十二時を回っていた。

「社長、お宅はどっち方面ですかあ？」

「都内」

「ええ‼　もう帰れないじゃないですか！」

「だ〜いじょうぶ、こっちに泊まる」

店から出たところで若い社員達に囲まれている沢内を横目で見つつ、怜治は軽く溜め息をついた。

（かなり酔ってるな。しょうがない、とりあえず駅前まで連れてってやるか）

途中から酒を控えていた怜治と違って、沢内は最初から最後までご機嫌な社員達から注《つ》がれる酒を浴びるように飲み続けていた。

今ああして自力で立っていられるのが不思議なぐらいだ。

よっぽど酒に強いのだろうが、あれだけ飲んだ状態では、さすがにはじめての土地で自力でホテルを探すのは難しいに違いない。

「どこに泊まるんですかあ？」

若い社員のそんな問いに、さて出番だと怜治が歩み寄って行くと、「こいつん家《ち》」と唐突に鼻先に指を突きつけられた。

「え⁉」

いやちょっと待てと言うより先に、それなら安心だと社員達に言われてしまい、ビジネスホテルに案内すると言えない雰囲気になってしまう。

「社長、太田さんと一緒なら、明日は絶対遅刻しませんね」

「おう、まかしとけ」

「じゃ、また明日。――太田さん、今日は最後までおつき合いありがとうございました～」

「あ、いえ。こちらこそ。賑やかな歓迎会で嬉しかったです」

「よ～し、じゃあ帰るか。――行くぞ」

「ちょっ、沢内さん、そっちじゃないです！」

怜治は、立ち止まっていた社員達に挨拶してから、ふらふらと方向も定めず歩き出した沢内を慌てて追いかけた。


酔っぱらいをタクシーに押し込んで、なんとかマンションへ。

「へえ、綺麗なマンションに住んでるんだな」

エレベーターで最上階まで上がり玄関の鍵を開けると、酔っぱらいはこちらが促すより先にずかずかとＬＤＫにまで入り込んでソファに座ってしまう。

「寝るのにちょうどいい」

（……まだ新品なのに……）

自分がさほど使っていないソファに他人が寝るのに抵抗感を覚える。

体臭が染《し》みついたらどうしようと、怜治は密かに心配した。

「……お水どうぞ」

「おう」

怜治は、冷蔵庫から取り出したペットボトルを沢内に手渡した。

喉が渇いていたのか、沢内は水を一気に半分ほど飲み干した後で、ぐるっと部屋を見渡す。

「なるほど……。ここに来る前の部屋は、六畳ワンルームってとこか？」

「正解です。なんでわかるんです？」

「使い込まれたテレビとテーブルがこの部屋の広さに対してやけに小さめなサイズなのと、後は新品のソファだな。狭い部屋に住んでた奴が広々した部屋に移ると、まず最初にでかいソファかテレビを買いたがるもんなんだ」

「……たまたまそういう知人がいたからって、人をステレオタイプ扱いしないでください」

「たまたまじゃない。すでに十人以上、似たようなことをした奴を知ってる。同じ施設で育った奴らだがな。——おまえ、聡巳と知り合いなんだって？」

沢内の問いに、怜治は頷くことで答えた。

（そうだった。この人も施設育ちだったんだっけ……）

先輩の聡巳も怜治同様に施設育ちで、沢内もまた同じ施設で育ったのだと聞いている。

「橘さん、俺のことをなにか言ってました？」

「俺らと同じような育ち方をしてて、真面目でいい子だって言ってたな」

（……いい子って）

はじめて聡巳と会ったときの怜治はまだ未成年だったから、いまだにそのイメージが抜けていないのかもしれない。

他の人に子供扱いされたら怒るところだが、生真面目《きまじめ》でお人好《ひとよ》しなところのある聡巳にそう言われると、なんだかむず痒《がゆ》い感じがして怒る気になれない。

「気にかけてやってくれって頼まれてもいたんだが、それどころじゃなくなっちまったな」

「ホントですよ」

膨れる怜治に、「悪かったって」と沢内は肩を竦めた。

「このまま、ここで寝かしてもらってもいいんだな?」

「どうぞ。客用の寝具の準備はないので、とりあえず毛布を持って来ます。もしも明け方に寒くなったら、エアコン入れちゃって構いませんので。それと、トイレは玄関手前の左手のドアです」

「了解。んじゃ、おやすみ」

ペットボトルをテーブルに置くと、沢内はそのままごろっとソファに横になった。

「ちょっ、スーツのままじゃ駄目ですよ!　明日も会社なんだから。――まだ寝ないでくださいね!」

怜治は慌てて寝室へ行って、収納の奥からスエットの上下を引っ張り出した。

弟が泊まりに来たときのためにと随分前に用意したものだが、残念ながらここ数年弟が部屋を訪れることはなく新品のままだ。

毛布と着替えを手にＬＤＫに戻って、これに着替えるように言うと、さすがにもう限界が近いのか、眠そうな沢内は黙々と服を着替えてまたごろんとソファに横になる。

「おやすみ～」

「はい、おやすみなさい」

あっという間に寝息を立てはじめた沢内に毛布をかけてから、脱ぎ散らかされた服を手にＬＤＫを出た。

家に泊めたことが社員達にばれている以上、明日沢内をヨレヨレの姿で出勤させるわけにはいかない。スーツはハンガーにかけ、洗えるものは全部一緒くたにして洗濯乾燥機に放り込む。

お風呂に入ったり明日着る服を準備したりしている間に乾いた洗濯物を畳み、ワイシャツとスーツにアイロンをかけてからＬＤＫに持っていく。

常夜灯の小さな灯《あか》りの中、沢内がぐっすりと眠っているのが見て取れた。

（よく寝てる。……あんなんで腰痛くならないのか）

怜治がソファに寝転がるぶんにはすっぽりと綺麗に収まるのだが、さすがに沢内は肘掛《ひじか》けから足の先がはみ出している。

（身長があるぶん、やっぱり足もでかいな。……髭も、昼間より随分伸びてきてる）

かけてやった毛布が半分ずり落ちていたのをそっと直してやりながら、思わず怜治はその寝姿にまじまじと見入ってしまった。

怜治は髭が薄いほうだし、以前愛人をしていた仁志もそう濃いほうではなかった。

その男臭さがなんだか物珍しい感じがして、眠るその顔の髭に触れてみたいような衝動に駆られ、怜治は慌てて沢内から視線を外した。

(……なにやってんだか)

ゲイだと自覚して以来、弟以外の誰かを部屋に泊めたことはなかった。

最初からふたりの関係を遊びだと割り切っていた仁志は、決して怜治の私生活に踏み込んではこなかったし、たとえ恋愛感情を抱いていない相手であっても、自分の性的対象が同性であることを知らせない状態で部屋に招き入れるのは失礼な気がしていたから友達を泊めることもしなかった。

滅多にないこの状況に、もしかしたら少し興奮気味なのかもしれない。

(馬鹿らしい。……もう寝よ)

こういうとき、部屋がたくさんあるのは便利だ。

これがワンルームだったら、自分のものではない寝息が気になって仕方なかったかもしれないから。

足音を忍ばせてＬＤＫを出て、寝室に戻った怜治はベッドに入って目を閉じた。

(……ああ、長い一日だった)

朝から、本当にいろんなことがあった。

焦って怒って驚いて、そして最後は賑やかな場でしゃべって笑って……。

めまぐるしい一日を思い出して、思わず深い溜め息が零れる。

(明日からも、色々大変だろうな)

沢内が今日やらかしてしまったことが、さてどんな結果となって戻ってくるか……。

ちょっと考えただけで、またまた溜め息が零れてしまう。

(駄目だ。こんなこと考えてたら余計に眠れなくなる)

なにか気持ちが落ち着くようなことをと考えて、真っ先に脳裏に浮かんだのは、子供の頃から何度も繰り返し再生し続けてきた懐かしい光景だ。

眩しい海に目を細めながら、弟と手を繋いで砂浜を歩いていた幼い日。

仲のいい四人家族の記憶。

心安まる優しい記憶に、昂ぶっていた気分も自然に落ち着いてくる。

(……おやすみなさい)

記憶の中の家族に心の中で語りかけながら、怜治は静かに眠りに落ちていた。

3

止めたばかりの目覚まし時計の時間が、昨日より一時間も早まっていた。

（……なんで？）

怜治は、眠い目をしばしばさせて戸惑ったが、すぐに沢内が泊まっていることを思い出し、勢いよくベッドから出た。

顔を洗うべく洗面所に行くと、洗面台がすでに濡《ぬ》れている。

もしかしてと思って覗《のぞ》いたバスルームも使用した直後っぽかった。

（意外、もう起きてるんだ）

急いで身支度《みじたく》を整えてＬＤＫに向かうと、沢内は朝食の支度までしてくれていた。

「おはようございます」

「おう、おはよう。泊めてもらった礼に適当にやらせてもらってるぞ。それと、この服ありがとな」

「どういたしまして……。沢内さん、料理できるんですね」

「いや、できねぇよ。単純に炒めただけだ。こんなの料理以前だろう」

ふたりぶんの皿には、ほうれん草とベーコンのソテーと端をカリカリに焼いた目玉焼き、そして生野菜が添えられている。

「これだけできれば充分ですよ」

「そうか。——ところで、パンはどれで焼くんだ？　コーヒーメーカーの使い方もわからないから頼む」

「はい」

怜治は言われるまま棚からトースターを出し、パンをセットしてコーヒーを淹《い》れた。

その間、沢内は、料理がのった皿をソファ前の小さなテーブルの上に運び、冷蔵庫からバターやジャムを勝手に物色している。

（ホント意外。身軽に動ける人なんだ）

だらしないという第一印象があったから、もっと手間がかかる人だと思っていた。

だが蓋《ふた》を開けてみれば、そうでもない。

ひとりで勝手に起きて、シャワーを浴びて髭も剃り、ちゃんと身支度をして、朝食の支度までしてくれる。

普段から日常生活をきちんと送っている証拠だろう。

「——おお、いい眺めだ」

ベランダへと続く掃き出し窓を開けた沢内が、外を眺めて気持ちよさそうに呟いた。

開いた窓から吹き込んでくる少し肌寒いぐらいの外気が心地いい。

「視界を遮る高いビルがないから空が広いんだな。東京じゃこうはいかない」

そんな言葉につられるように窓の外を見ると、確かに視界いっぱいによく晴れた青い空が広がっていた。

「そっか……。そう言われればそうですね」

前に住んでいた部屋は窓を開けるとすぐ近くに隣のビルがあって、空を見ようと思ったら、思いっきり身を乗り出して上を見上げなければならなかった。

ふと窓に視線を向けただけで空が見えるなんて、その頃を思えばかなり贅沢な話だ。

「なんだよ。今ごろ気づいたのか？」

「上のほうは意識してなかっただけです。どっちかって言うと、窓から見下ろす眺めが気に入ってここを借りたんで」

「豆粒みたいな人の家を見下ろすのが楽しいってか？」

「違います！」

呆れたような沢内の声に、怜治は思わず大声を上げた。

「遠くに見える海が気に入ったんですよ」

「海？　あんな小さくしか見えないのに？」

「その小ささがいいんです」

「変な奴だな」

「ほっといてください」

人には色々あるのだから……。

(でも、空も悪くない)

ふと見上げた先に、晴れた空が一面に広がっている。

そんな爽快感溢《あふ》れる光景を毎日見られるのは気分がいい。

(ホント、なんで今まで気づかなかったんだろう)

視界の半分以上を占める青空より、切り取られたように小さく白く輝く海にばかり気を取られてしまっていた。

そんな昨日までの自分が、怜治はなんだかおかしく感じられた。


二日目は、無事に余裕を持って出勤することができた。

社員達はすっかり親しみを覚えてくれているようで、ふたりが事務所に入ると「おはようございます」と自然な笑顔を向けてくれる。

デスクに座った怜治の元にわざわざ来て、昨日はどうもと挨拶してくれる社員もいて、もうじきここを去ることになるだろう身だけに、その気さくさに胸が痛んだ。

始業のベルが鳴るのとほぼ同時に電話が鳴った。

「社長、本社の風間社長からお電話です」

電話を取った総務の女性の声に、怜治は思わずギクッと身を震わせる。

(反応が予想より早い)

風間社長なら、匿名の告発文書を無視せず調査してくれるはずだと信じていたのだが、このタイミングだと告発は無視されたのかもしれない。

名乗れないような人間の告発には興味がないと切り捨て、ただ昨日の無謀なクビ宣言だけを問題視して連絡してきた可能性のほうが高そうだ。

怜治はどきどきしながら受話器を取る沢内に注目していたのだが、予想に反してあっという間に通話は終わった。

「怜治、ちょっと来い」

「は、はい！」

受話器を置いた沢内から唐突に名前を呼ばれて、怜治はびっくりして立ち上がった。

デスク越しでは他の社員達に話が漏れ聞こえてしまいそうなので、デスクを回り込みすぐ側《そば》まで行って、軽く屈み込んで椅子に座る沢内に話しかける。

「なんで名前のほうで呼ぶんですか？　できれば、名字で呼んで欲しいんですが」

「悪い。聡巳がおまえのことを怜治くんって呼んでたから、そっちの印象のが強いんだ」

「そうなんですか……。まあ、いいですけど……」

どうせすぐ、お互いここから転勤になるだろうから。

「で、どうなりました？」

「いや、それが、今日これからすぐに本社に顔を出せとさ。直接顔を見て処分を下すつもりだろうな」

「そうですか……。じゃあ、今日の工場回りは取りやめですね」

「だな。おまえの今の状態じゃ、俺がいないと仕事にならんだろう。有休でも取って、のんびりしてていいぞ」

「いえ、それは止《や》めときます。秘書としての仕事はできなくても、総務のお手伝いぐらいなら可能ですから」

「そうか。いい心掛けだ」

怜治の返事に目を細めた沢内の手が、軽く屈んだ怜治の頭にぽんと乗せられる。

「だから重いですって」

怜治は遠慮なくその手を払い除けてやった。

はっきりしたことが決まったら電話してくるだろうと待っていたのだが、沢内からの連絡はなく、その日一日を怜治はなんとも落ち着かない気分で過ごした。

翌日、始業時間になっても沢内は姿を現さず、これ以上待っていられなくなった怜治は、こちらから社用の携帯に連絡を入れてみた。

だが沢内はなにやら忙しそうで、

『悪い、いま手が離せないんだ。午後にそっちに行くから、説明はそのときにな』

と、怜治に話す隙《すき》を与えぬまま、自分の言いたいことだけ言って一方的に通話を切ってしまう。

（ちょっとぐらい教えてくれてもいいじゃないか）

自分の今後にも係わることだけに、もう気になって気になって仕方ない。

総務の手伝いにも身が入らないまま午後になり、やっと事務所に顔を出した沢内に、怜治は飛びかからんばかりの勢いで駆け寄って行った。

「沢内さん、どうなったんですか⁉」

「とりあえず、クビも転勤もなしだ。――っと、ここじゃまずいか」

ちょっと来いと手招きされ、他の社員達に聞かれないようにと廊下の端まで移動する。

「まるっきり、おとがめなし？」

「ああ。……ちょっと雷を落とされたがな」

昨日、本社に戻った沢内を迎えた風間社長のデスクの上には、沢内が出した匿名の告発文があり、これはどういうことかと社長に怒られたのだと沢内が言う。

「やっぱり、誰が出したかバレバレでしたね」

「だな。で、無記名なのが気に入らないとさ」

身内だからといって不祥事を握り潰すようなことはしない。私が信用できないのかと……。

「信用してなかったたって正直なところを言ったら、えらいショック受けてたみたいだな」

沢内の言葉に怜治は驚き、同時に呆れた。

「いくら聞かれたからって、普通はそんなこと言わないでしょうに……」

「そうか？　相手によると思うが。——まあ、それはともかくとして、結果的に、よく知らせてくれたって誉められたよ」

「風間社長、告発文を調査しないでそのまま鵜呑みにしたんですか……」

それはそれで問題があるのではないだろうかと怜治が思っていると、これからきちんと調査するつもりらしいと沢内が言う。

「ここに書かれてあること以外にも、なにか知ってることがあるなら全部吐けって言われたんで、実際に調査してくれた同期の名前を教えといたよ」

「うわっ、友達売ったんですか」

酷《ひど》い、と怜治はどん引きだ。

「人聞きの悪いこと言うな。匿名で告発せざるを得なかったこっちの心情を汲《く》んでくれるよう、ちゃんと頼んでおいたからそこら辺は大丈夫なはずだ」

「風間社長のこと、信用してないんじゃなかったでしたっけ？」

「今は信用してるさ。昨日サシで話してみて、信用しても大丈夫だと確信した」

沢内が入社した当時は、まだ引退した前社長のご威光が残っていて、風間社長も今みたいに自由には動けずにいたらしい。

ずっと海外にいたせいもあって、沢内はそこら辺の状況が変わったことを知らずにいたのだと言う。

「処分は今後の調査結果次第で決めるとさ。ただし、これ以上社員に迷惑をかけないよう、高木家のおふたりには謹慎処分を言い渡したそうだ」

「そうですか……。よかった」

最初は自爆テロかと呆れもしたが、結果オーライだ。

沢内がおとがめなしならば怜治自身の身も安泰だし、諸悪の根源がもう二度と戻ってこないと知れれば、この会社の社員達もみな喜ぶことだろう。

この三日間の不安と緊張から解き放たれて、怜治はほっと胸を撫《な》で下ろした。

「嬉しそうだな」

「そりゃそうですよ。転勤なんてことになったら、色々と面倒ですからね。またすぐに引っ越しなんてごめんでしたし……。──沢内さんはどうなんです？」

社長に抜擢されたことをあまり喜んでいなかっただけに、この結果もまたあまりありがたく感じていないのではと思って聞いてみたのだが、予想に反して沢内は「俺も嬉しいさ」と微笑む。

「社長になるの、嫌がってたんじゃなかったでしたっけ？」

「そりゃそうだが、社長業についてくるオプションは気に入ったからな」

「オプションって？」

「おまえだよ」

「俺？」

微笑んだまま見つめられて、不本意ながら、どきっと鼓動が高鳴る。

「そ。専属秘書なんて、そうそうゲットできるもんじゃないからな」

（ああ、そういう意味か……）

一瞬狼狽えてしまったことが気恥ずかしくて、怜治は意味もなく咳払いをする。

「先に断っておきますが、秘書は使用人でもコンパニオンでもありませんからね。なんでも言うことを聞かせられる便利屋だと思ったら大間違いですよ」

「わかってるって。……っていうか、そもそもおまえ、俺の言うことなんか聞かないだろう。むしろ最初から、ガミガミぶつぶつと小言ばっかり言ってるじゃないか」

「そんなの、しょっぱなから沢内さんが遅刻してくるのが悪いんですよ。これからは、遅刻なんてしないでくださいね」

「はいはい、まかせとけって」

気のない適当な答え方に、怜治は眉をひそめた。

「ホントに大丈夫なんですか……？　っと、そっか。異動しなくてもよくなったんだし、沢内さんもこちらに引っ越してこられたらどうです？」

「ああ、そのつもりだ」

「それなら不動産屋をご紹介します。うちの系列会社なんで、色々と融通をきかせてくれますよ」

また遅刻されないよう早々に引っ越しさせてしまおうと張り切る怜治に、沢内はその必要はないと言った。

「もう引っ越し先は決めてある。実を言うと、午前中のうちに引っ越し荷物も運送屋に預けてきた」

「それはまた、凄い早業《はやわざ》ですね」

「元々、たいした荷物もないからな。――ま、とにかく、これからよろしく」

沢内は怜治に右手を差し出した。

怜治はその手を握り返す。

「はい、社長。こちらこそよろしくお願いします」

社長の座からすぐにも転げ落ちるだろう人を社長と呼ぶのは、なんだか嫌味な感じがして今までは社長と呼べずにいたのだが、これからは平気だ。

怜治の挨拶に、沢内はなんだかくすぐったそうな顔をした。

「どうも社長って呼ばれるのは慣れないなあ」

「諦めてください。ちゃんと自分の立場を自覚して、それなりの行動を取ってくださいね。ネクタイを緩めただらしない格好で社内を歩くのも自重してください」

わかりましたか？　と念を押すと、沢内は苦笑した。

「おまえ、本当に口うるさい」

「当然です。あなたの評価がそのまま俺の評価にもなるんですから……。——というわけで、これからも厳しくさせていただきますのであしからず」

「ま、お手柔らかに」

ぽんと沢内の手が頭の上に乗る。

「だから重いですって」

怜治はその手をビシッと厳しく振り落としてやった。

☆

その日の夜、怜治は転勤初日からの嫌な緊張感から解放されて、ご機嫌だった。

風呂上がりに缶ビールを一気に煽《あお》り、ソファにごろっと寝転がる。

「ああ、久々にいい気分」

あの後、ふたりが事務所に戻ると、その場にいた社員達みんなの笑顔と拍手で迎えられた。

どうやら、とりあえずクビも転勤もなし、という沢内の言葉が漏れ聞こえてしまっていたものらしい。

沢内が処分されずにすんで本当によかったと、みな口々に喜んでくれていた。

もちろん、社長秘書である怜治に対しても、同じようによかったねと言ってくれる。

また歓迎会をしようとも言われたが、沢内が引っ越し作業があると言って断ったことで本格的な宴会は延期。ただ、怜治のほうには予定がないと知ったひとり暮らしの同僚達が、いい定食屋を紹介すると誘ってくれたので一緒に夕食を食べてきた。

（本当に転勤にならなくてよかった）

また新しい人間関係を一から築かなきゃいけないのかと憂鬱《ゆううつ》だったが、しょっぱなからのトラブルのせい――というかお蔭で、気がつけば同僚達にすんなり受け入れてもらえている。

それに、自分に非はなくとも入社して一年目で何度も転勤なんてことになったら、さすがに社内で悪目立ちしてしまっていただろう。

（まだ海岸まで散歩にも行けてないし……）

この部屋での暮らしを満喫する間もなく引っ越しすることにならなくて本当によかったとも思う。

この週末が晴れだったら、散歩がてら海に行こう。

そんなことを考えながら、寝転がったまま〜んと伸びをする。

と、伸ばしたつま先が肘掛けにコツンとぶつかった。

「……沢内さんは、この肘掛けに足を乗せてたっけ」

微妙に負けず嫌いの血が騒いで、ずるずると身体を足のほうにずらして、よいしょと足首を肘掛けに乗せてみる。

ふと上を見上げてみると、反対側の肘掛けから頭ひとつぶんだけ身体が離れていた。

（つまり、これだけ身長差があるってことか）

怜治がひとりで意味もなくムッとしていると、チャイムが鳴った。

身軽に起き上がり、インターフォンを取ると運送屋だった。

「えっと、どこからの荷物ですか？」

荷物なんて届く予定がなかったのでそう聞くと、運送屋は有名な家電量販店の名を告げた。

『お品は液晶テレビとブルーレイレコーダーとスピーカーですね』

「テレビなんて買った覚えはないんですが」

『変だな。この時間に配達するようにと時間指定もされてるんですが……。ご家族のどなたかが買われたんじゃないんですか？』

「いえ、ひとり暮らしなんでそれはないです」

おかしいなぁと、エントランスの受付にいる運送屋と画面越しに会話していると、運送屋の背後から、不意にぬっと沢内が顔を出す。

『俺が買ったんだ。事情は後で説明するから、とりあえず中に入れてくれ』

「とりあえずって……。家を倉庫代わりにするつもりですか？」

なにか事情があって新居に運び込めないから仕方なくこっちにという話ならば、むしろ運送屋に頼んで保管してもらったほうがいいんじゃないか？

そう言おうとしたのだが、こんなところで揉めてたんじゃ、ご近所さんに迷惑だと沢内に急《せ》かされ、怜治は渋々インターフォンを操作してエントランスのドアを開けることにした。

「よう、邪魔するぞ。――こっちに運び込んでくれ」

やがて、最上階の怜治の部屋まで来た沢内は、運送屋に勝手に指示して荷物をＬＤＫまで運び込ませてしまう。

「ここでいいんですか？」

「ああ、頼む」

ふたりがかりの配達員が次々に荷物を運び入れて、箱から出した電化製品をがら空きだったスペースに慣れた手順でセッティングしていく。

「ちょっ、これ、なんなんです？」

「見ればわかるだろう。ホームシアターセットだよ」

当たり前のような顔で言われて、怜治はぶちっと切れた。

「どうしてそのホームシアターセットを、わざわざ俺の家にセッティングしてるのかって聞いてるんです！」

「おまえが欲しいんじゃないかと思って」

背伸びして睨みつけながら問い詰める怜治に、沢内はあっさりそう答えた。

「は？」

「大抵の奴は、ソファの次はでかいテレビかベッドを欲しがるからな。――違ったか？」

「違いませんけど……。もしかしてこれ、押し売りですか？」

「馬鹿言え。これは礼代わりの品だ」

「礼って……」

なんの？　と聞く前にまたインターフォンが鳴り、怜治より先に沢内が出て、「ああ、そうだ。上がってきてくれ」と、勝手にエントランスの解錠《かいじょう》ボタンを押してしまう。

「今の誰だったんです？」

「家具屋だ」

「え？　って、セールス？」

「いや。配達。ここにはダイニングテーブルがあったほうがいいだろう？　さっき買って、すぐに配達してくれるように頼んできた。あのテーブルじゃ小さすぎるしな」

「いいだろうって……。普段はカウンターで食事してるんで、特に不自由はしてませんよ」

椅子がひとつしかなかったから、沢内が泊まった朝は、仕方なく小さなテーブルにふたりぶんの朝食を無理矢理載せてすませたが、今後泊まりに来る来客の予定もないし、わざわざ買う必要なんてない。

「おまえはよくても俺が駄目なんだ。カウンターで食事するのって苦手なんだよ」

「苦手って……。沢内さん、なに言ってんです？」

（もしかして……いや、まさか……ここに住むつもりなんじゃ……？）

もの凄く嫌な予感がした怜治は沢内を問い詰めようとしたのだが、またしてもインターフォンに邪魔をされた。

「今度はなんなんです？」

「これも運送屋。俺の引っ越し荷物だ」

やはり勝手に応答してしまった沢内に聞くと、あっさり答えが返ってくる。

「……嘘だろ」

嫌な予感が大当たり。

怜治はショックのあまり、呆然《ぼうぜん》と立ちすくんでしまっていた。

「引っ越し先が決まってるって、嘘だったんですか⁉」

配達員達が帰った後で、怒りも露《あら》わに噛《か》みつくと、沢内は「嘘じゃないさ」と飄々《ひょうひょう》とした態度で微笑む。

「じゃあ、最初から家にくるつもりだったと？」

「まあな。部屋も余ってるみたいだし、別にいいだろ」

この前泊まったときに、空き部屋を発見されてしまったらしく、沢内は当然のようにその部屋へと引っ越し荷物を運び込んでいる。

全然よくない、はっきり言って大迷惑だと本気で怒ってみたものの、まあ気にするなと悪びれない。

「ちゃんと家賃や光熱費も払う。欲しい家電や家具があったら、居候《いそうろう》の礼に買ってやるぞ」

「けっこうです！　っていうか沢内さん、自分の家具類はどうしたんです？　倉庫でも借りてるんですか？」

「いや、ここの前は家具つきのマンションで暮らしてたから持ってないんだ。さっき運び込んだのが、正真正銘、俺の全財産だ」

「あれが……。随分と少ないですね」

空き部屋に運び込まれたのは、大きなキャリーバッグがひとつと段ボール箱がふたつ、そして布団袋がひとつ。

怜治自身も荷物は少ないほうだったが、さすがにここまで極端に少なくはなかった。

(海外生活が長かったせいか)

長期出張になるのは最初からわかっていたはずだから、日本を出るときにそれまで持っていた私物をほとんど処理してしまったのかもしれない。

「これでも増えたんだ。帰国したときはキャリーバッグひとつだけだったからな」

「物欲がないんですね」

「いや、そうでもない。ガキの頃から自分のものだと言えるものをろくに持たずに生きてきたせいか、どうも持ち慣れないだけだ。これからは、ぼちぼち増やしていくさ」

(ぼちぼち……か)

ここに引っ越してきた日に自分も似たようなことを考えた。

今までは生活スペースが狭かったから極力荷物を増やさずにいたが、これからはぼちぼち増やしていこうと……。

うっかり共感しかかった怜治は、ふと我に返って噛みつく。

「っていうか、ここで増やされても困るんですけど」

「駄目か?」

「駄目に決まってます!」

気楽なひとり暮らしに慣れているだけに、上司と同居なんて窮屈極まりない。

それにもうひとつ重大な問題がある。

（男と同居なんて……）

怜治はゲイなのだ。

この男相手にどうこうなるとも思えないが、一緒に暮らすのはやはりちょっとまずい。

ここでの生活が落ち着いたら、ぼちぼちパートナーを捜そうと思っていたのに、それもできなくなる。

「荷物が増える前に、部屋を見つけて出てってください」

怜治ははっきりきっぱり、沢内に退去勧告を出した。


つもりだったのだが……。

（くそ……。こんなはずじゃなかったのに……）

翌朝、キャリーバッグに適当に詰め込まれていたのか、しわくちゃなワイシャツを沢内が着ているのを見てしまったら、どうしても我慢ができなくなって無理矢理脱がせてアイロンをかけてしまった。

その日の帰宅後、もしかしたらと沢内に占領された部屋に侵入してみたら、予想通り服もスーツも荷造りされたままの状態で置かれてあった。

（ヨレヨレの格好で会社に行かれちゃ、俺が困るんだよ）

口止めするのを忘れていたものだから、沢内が怜治の部屋に転がり込んできたことをもうすでにみんな知ってしまっている。

だらしない格好で会社に行かれてしまっては秘書としての立場がないので、仕方なく服をクローゼットにきちんと整理してやった。

ワイシャツの類《たぐい》はクリーニングに出すからと沢内は言っていたが、高校時代から経済的にかつかつの生活を送ってきて身についた貧乏性のせいで、どうしてもそれが勿体なく思えてしまい、ついつい自分のと一緒に洗濯してアイロンまでかけてやってしまっている。

食事に関しても、まさか自分のぶんだけ作るわけにもいかず、沢内が食費も出すと言うので渋々ながらもふたりぶん作ってしまっていた。

(早々に追い出すつもりだったのに……)

なのに気がつくと、なんだかんだ沢内にとって居心地のいい状態を自分から作ってしまっている。

沢内はというと、怜治が夕食の支度をしている間、ただぼんやり待っているようなことはなく、当たり前のように部屋の掃除なんかを細々《こまごま》としてくれていた。

(施設で躾《しつ》けられたのかな)

怜治が育った施設では、誰もがみな当番制で掃除や炊事の手伝いなどをする決まりになっていて、施設を出る年齢になる頃にはひとり暮らしをするだけの最低限の家事スキルが自然に身につくようになっていた。たぶん、沢内も似たようなものなのだろう。

（服の手入れだけは苦手みたいだ）

そこら辺は、単純に洒落っけのなさが祟っているに違いない。

沢内は社長の権限で社用車を借りていたので、同居している怜治も自然にその恩恵にあずかることになる。

光熱費を含む家賃や食費などは大めに先払いしてくれたので、正直その点でも気が楽だ。

ずるずると十日もすぎる頃には、沢内が怜治の部屋に居候していることは、事務所内だけではなく工場にまで知れ渡っていた。

社長就任の一件以来、沢内は社員達の信頼と好意を一身に受けているので、怜治が沢内を強引に追い出したりしたら、その翌日にはきっと社員みんなから冷ややかな視線を向けられるに違いない。

こうなってしまっては、もはや追い出すことは困難。

沢内が自発的にひとり暮らしを希望するか、女を作って出て行くかしか望みはない。

（……いまんところ、女を作る暇はないか）

朝から晩まで怜治と一緒で、外に遊びに行くこともないのだから……。

そんなこんなを隣のデスクで仕事している坂本に愚痴《ぐち》ると、「自発的に出て行くってことはないんじゃないかしら」と嫌なことを言われた。

「どうしてそう思うんですか？」

怜治は思わず眉間《みけん》に皺《しわ》を寄せて聞いた。

「あら、だって、太田くんの部屋って、至れり尽くせりだし居心地よさそうだもの」

「不本意ながら至れり尽くせりっぽくなってるのは事実ですけど、そのぶん、チクチクお小言も言ってるから、居心地はあまりよくないと思いますよ」

「馬鹿ね。お小言を言われるぐらいが家族みたいでちょうどいいのよ。勝手に居候したのに、なんでもはいはい言うこと聞かれちゃったら、まるで相手を使用人扱いしてるみたいで逆に居心地悪いもの」

（お小言が家族っぽい？）

そんなもんだろうかと首を傾げていると、「家族っていうか、むしろお嫁さんみたいよね」と坂本から更に嫌なことを言われた。

ゲイである怜治にとっては、ちょっと笑えない冗談だ。

「男の嫁ですか？　勘弁してくださいよ」

「いいじゃない。太田くんなら気がきいて美人さんだし、そこらの若い女の子達よりずっとお得感がありそう」

「俺は、ああいう旦那はゴメンです」

「あら、社長のお嫁さんなんて、滅多にない玉の輿《こし》じゃない」

「肩書きはともかく、中身がちょっと……。ああいう怠《なま》け者は嫌ですよ」

「でもほら、怠けてても業務にはさほど支障がないわけだし、大目に見てあげたら？」

「支障がない？　俺の仕事には、ものっすごい支障が出てるんですけど」

ですよね？　と念を押すと、苦笑した坂本は、答えを濁したますいっと視線をそらした。

（ったくもう、みんな沢内さんには甘いんだから）

無事に社長の座についた沢内だったが、その後、真面目に社長業に邁進《まいしん》しているかと言えば、そうでもない。

むしろ逆で、日々仕事をさぼってばかり、一週間で終わらせる予定だった関係会社への挨拶回りも、いまだに半分しか行けてない体《てい》たらくだ。

（本人は、社内を回るのが先だって言ってるけど……）

だが、実のところ沢内は、もうすでに社内を回りまくっているはずだった。

高木が謹慎処分になった後、ひとりだけ隔離されてるみたいで嫌だと、沢内は空いた社長室に移動しなかった。

だから怜治のすぐ目の前のデスクで仕事をしているのだが、どうもデスクワークが苦手みたいで、すぐに飽きて窓から外を眺めたり居眠りしたりしている。

それだけには留まらず、怜治の目を盗んではこそっと事務所から抜け出し、食堂に行ってはシフト明けの社員達とだべってみたり将棋を指してみたり、工場棟の物陰で昼寝したりとやりたい放題。

　しかも脱走中は携帯の電源をオフにしてしまうので、脱走される度に怜治は、沢内の姿を捜して広い構内をあちこち走り回らなければならない。

　ちなみに今も、トイレ休憩に行ったきり戻ってこない沢内を捜して、工場へと続く通路を走っているところだ。

（俺の仕事は沢内さんを捜すことじゃないのに）

　本来ならば、秘書なのだから沢内のスケジュール管理や仕事のサポートをしなきゃいけないはずだった。

　なのに、スケジュール管理どころか、今どこにいるかすら把握できていないのが実態だ。

　とはいえ、沢内が大人しく事務所で仕事してくれていたとしても、怜治にできる仕事はたいしてなかったりする。

　これがめまぐるしく新しいプロジェクトが立ち上げられ続ける本社だったら、細々とした資料作成や打ち合わせ、接待などの仕事が次から次へと新しく発生してくるのだろうが、建築資材の生産拠点であるこの工場は、年間を通してのスケジュールが年頭にほとんど決まってしまっていて、急な予定が入ったりすることなどほとんどない。

　ぶっちゃけた話、そもそもここの社長には、わざわざ秘書をつけなければならないほどの仕事量すらないのだ。

突然社長に抜擢された沢内が、はじめての社長業に戸惑わないようにとサポート役として配置されたものの、あまりにもやれる仕事がなくて怜治自身が戸惑っている。

イレギュラーな仕事として沢内を捜し回る時間を別とすれば、秘書としての実働時間は一時間もあれば充分。それ以外の時間をぼうっとして過ごすわけにはいかないので、最近は坂本に頼んで総務の仕事を本格的に手伝わせてもらっている。

いっそのこと、完全に総務に配置換えしてもらって、秘書としての仕事を片手間にやってもいいぐらいだ。

（……沢内さんの脱走癖がなおるまでは、それも無理か）

社長の承認が欲しいんですがと社員に言われる度、沢内の姿を捜して社内を走り回るのが秘書としての怜治の存在意義になりつつある。

なんとも腹立たしい話だ。

広い構内を走り抜け、最近沢内が頻繁に入り浸っている工場に向かうと、出入り口付近で働いている社員達から「社長なら、この棟にはいませんよ」とこちらが話しかけるより先に言われた。

「ホントですか？　またみんなでグルになって隠してるんじゃないですか？」

以前から何度も沢内贔屓《ひいき》の社員達に騙されている怜治は、話しかけてきた社員をじとっと睨んだ。

「ないない。今日は本当ですって」

「……そうですか。見かけたら、事務所に戻るように言ってください」

(こんなこと言ったって無駄だろうけど)

以前、ぶち切れた怜治が、社長を見つけたら即座に事務所まで通報してくださいと社内放送で呼びかけたときでさえシカトされたぐらいだから……。

(ったく、周りじゅう敵だらけだ)

みんなして沢内の逃亡に協力してばかりで、ちっとも怜治に協力してくれない。

というかむしろ、社長と秘書の鬼ごっこをなにかのイベントのように面白がって見ている節《ふし》がある。

「あー、もう、どこにいるんだよ‼」

こうして怜治は日々、鬼を捜して孤独な戦いを繰り広げていた。

4

引っ越し以来三度目の晴れた週末のこと、怜治はかねてからの計画通り、海岸へと散歩に出掛けることにした。

当初の予定では、海岸へと向かう道すがら、ひ、と、り、で地元の商店街を散策するつもりだったのだが、どうしたわけか沢内とふたりでショーウインドウを覗きつつぶらぶらと道を歩く羽目に陥っている。

（なんでこの人まで一緒に来たんだ？　誘ってもいないのに……）

最初の週末は、様々なトラブルの影響で精神的に参ってしまっていて、けっきょく散歩どころじゃなかった。

その次の週末は精神的には復活していたものの、やはり散歩に行く気分にはなれなかった。

ごく幼い頃に家族と別れ、施設を出て以来ずっとひとり暮らしだったせいか、怜治はテリトリー意識が普通の人よりずっと強い。

自分の部屋に沢内をひとり残していくことが、沢内に部屋を明け渡すことのように思えて、どうしても出掛ける気になれなかったのだ。

そして三度目の日曜日、怜治は開きなおった。

どうやら沢内には、この部屋から出て行く気が一切ないらしい。

そんな彼の存在を意識するあまり、せっかくの休日を自由に過ごすこともできないなんて、あまりにも勿体ないと……。

(別に盗られて困るものも、見られて困るものもないからいいんだ)

そう自分に言いきかせ、遅い朝食の後で外出する準備をしていたら、どこに行くんだと沢内に聞かれた。

窓から見えるあの海まで散歩してくると答えたら、その結果、そりゃいいなと、どうしたわけか沢内まで一緒になって家を出てきてしまったのだ。

(仕事中は逃げ回ってるくせに、なんで休日は寄ってくるんだ?)

これが平日だったら寄ってきてもらえるのは大歓迎だし、仕事中の態度に対するお小言やこの先のスケジュールや仕事の方針等、話題には事欠かない。

だが休日に寄ってこられるのは迷惑だし、こうしてふたりでいても話をするネタもまったく思い浮かばない。

(休日にまで仕事のお小言は言いたくない)

そこら辺の線引きはやはりきっちりしておきたい。

家でまで社長秘書をやらされるのは嫌なので、会社を出たら、社長ではなく沢内さんと名前を呼ぶようにもしていた。

（こういう沈黙って、どうも慣れないいな）

さっきからずっと、ただ黙々と肩を並べてふたりしてぶらぶら歩くばかり……。

一緒に暮らすようになって二週間以上が経《た》ち、お互いの生活習慣なんかもわかってきて、家事も分業しつつうまく生活が回るようになっている。

だが、ふたりでいても、なかなか会話が続かない。

怜治から話しかけるとなると、当然それは会社での沢内のふざけた態度に対するお小言になってしまう。それに対して沢内は、はいはい、悪かったと、馬耳東風の構えを貫いているので、当然会話にはならない。

怜治としては同じことを何度もぐちぐち言うのが嫌なので、とりあえず言いたいことだけ言うと後はもう黙るしかない。

その結果、部屋には沈黙が流れることになる。

怜治はそれがなんとなく気まずい感じがして嫌なのだが、沢内のほうは、どうやらこうした沈黙が気にはならないようだ。

そんなふうに会話のない平日の夜、怜治のお小言がひとしきりすんだ後は、沢内が買ってくれたテレビの音だけが部屋に響いている状態が続いていた。

ちなみに先週の週末もそんな感じで、せっかくホームシアターセットを買ったのだからと、沢内がどこかから借りてきた洋画のＤＶＤを、真っ昼間からビールを飲みつつ、一日中ふたりでぼうっと見ていた。

ごくたまに感想をぼそぼそと語ったりはしたものの、それ以外の会話はほとんどなかったような気がする。

(普通に同居してる奴らって、どんなふうに過ごしてるんだろう？)

高校のときからバイト三昧《ざんまい》で、誰かと長時間だらだらと一緒に過ごすことなんてなかった。だから、こんなときどんなふうに対処していいのか判断に困る。

接客業のバイトが多かったから、お客さんを楽しませる話術なら身についている。

誰よりも長い時間を共に過ごした仁志とは金銭絡みの関係だったから、常に気分よく過ごしてもらうために、仁志が喜びそうな話題を頻繁に振ったりもしていたのだが、同じことを沢内相手にする気にはなれない。

そもそも怜治は、上司である沢内相手にしょっぱなから携帯で怒鳴りつけるような失礼な真似をしているし、普段からお小言を言いまくっているのだから、今さらご機嫌を取ったところで意味がない。

今日だってこちらから誘ったわけじゃなく、向こうが勝手についてきたのだ。

こちらから気を使って話しかけてやる必要はないような気もする。

(沢内さんのことは気にしないで、俺は俺で勝手にしてればいいか)

商店街の中でなにか面白そうな店があったら寄り道して行こうと、あちこち看板やショーウインドウに視線を向けていた怜治は、ふとすれ違う人の視線が気になった。

（……いつもと違う）

アイドル系の顔立ちをしているせいもあって、怜治はこうして街を歩いていると普通に目立つ。

いつもは、すれ違いざまにこの顔に視線を止めた人から、よくじいっと眺められたりするのだが、今日に限って、その視線がこの顔には留まらず更に上へと流れていくようだ。

その視線の先にあるのは、やはり隣を歩く沢内の顔だろう。

今日の沢内は、いい感じに着古したジーンズと、胸元が大きく開いたライトグレーのカットソーにジャケットを羽織っている。

ラフすぎず堅すぎず、いい感じだ。

（スーツより私服のほうが見栄えがいいんだな）

長身でがっしりした身体つきがシンプルな服装に引き立てられて、余計に人目を惹く。

着崩したヨレヨレのスーツ姿だとだらしないちんぴら風にも見えるのに、私服の場合は年季が入っている服が逆にお洒落にも見える。

恵まれた体格も相まって、野性的な魅力も加わっているような気がした。

チラチラと見上げた先にある沢内の顔には、飄々とした笑みが浮かんでいる。

どうやら、彼のほうはこの無言の散歩をそれなりに楽しんでいるようだ。

（……変な人）

そんな彼を見ていると、会話がないことを気にしている自分がやけに小さく感じられてしまう。

「怜治、ちょっと待ってろ。ここに寄ってく」

声をかけられて立ち止まると、沢内はお菓子屋さんのショーウインドウを指差していた。

「沢内さん、甘党でしたっけ？」

「俺じゃない。ガキどものだ」

一瞬、子持ちでしたっけ？　と聞きそうになってしまったが、すぐにそうじゃないと気づいた。

「施設の？」

「ああ」

店内に入っていった沢内は、子供が喜びそうなふわっとしたカステラ生地のお菓子を大量に買って、施設に直接送ってもらうべく伝票に住所等を書き込んでいる。

「こういうこと、よくするんですか？」

外に出てから沢内を見上げて聞くと、「たまにな」と沢内が答える。

「おまえは？」

「俺は全然……。卒業してからは連絡も取ってないし……」

あからさまな虐待《ぎゃくたい》とかはなかったし、生活に不自由することもなかったが、怜治が世話になった施設の大人達は、仕事と割り切って事務的に子供の面倒を見るような人達だったので、最後まで心が通うことはなかった。

高校入学と同時に、施設側が斡旋《あっせん》してくれた寮つきのバイト先に世話になることが決まってからは、これで自分達の役目は終わったとばかりに連絡も絶えた。

次から次へと入所者が来るようなところだったから、いつまでも卒業した者に係わってはいられないのだとわかっていても、やはり少しだけ寂しかった記憶がある。

「……そうか」

「沢内さんは風間興産も資金を出してる施設にいたんですよね？」

「ああ。そこの施設長が本当にいい人で、今でもちょくちょく連絡を取り合ってる。その人から、自分にお歳暮やお中元を寄こすぐらいなら、子供達が喜ぶようなものを買ってやってくれって言われてるんだよ」

「そうですか……。──きっとみんな喜びますよ」

前を向いてそう告げると、「だといいな」と沢内は穏やかに答えた。

海岸には、思っていたよりも人がけっこういた。

サーフィンやシーカヤックで遊ぶ人達や、砂浜に落ちている貝殻やガラスといった漂流物を拾う人達、家族連れで砂浜で遊ぶ人達もかなりいる。

（公園に遊びにくる感覚なのか……）

近隣の住民達が清掃してくれているのか、シーズンをすぎても砂浜は綺麗に保たれている。

立ち止まった怜治は、午後の日差しを弾《はじ》く海に視線を向けた。

（うん。いい感じだ）

耳に届く波の音と独特の海の香り、現実の眩しさに自然に目を細める。

（俺達も、きっとあんなふうに見えたんだろうな）

砂浜に視線を戻し、男の子をふたり連れた幸せそうな家族連れを眺めて我知らず微笑んでいると、「ああいうの、いいよなぁ」と頭の上で呟く声が聞こえた。

「いいですよね」と素直に答えると、「じゃあ、飼うか？」と嬉しそうな声。

「飼う？　なにを？」

「だから犬だよ。ああいうの」

沢内が指差した先には、怜治の予想に反して、大きなゴールデンレトリバーを連れた夫婦がいた。

「あのマンション、ペット可だろ？　俺が責任もって面倒見るからさ。大きい犬を飼おう」

「嫌ですよ。お断りします」

怜治はきっぱり断る。

（冗談じゃない）

犬は好きだが、飼うとなるとまた話は別だ。

えさ代に病院代とペットには色々お金がかかるし、散歩だってしてあげなきゃならない。

沢内が責任もって面倒を見るといっても、いずれあの部屋から出て行く人なのだから、そのときに犬を置いていかれても困る。

沢内は怜治の反応に肩を竦めて苦笑すると、犬連れの夫婦に歩み寄って行ってなにか話しかけはじめた。

しばらくして、どうやら夫婦に許可をもらったようで、犬の前にしゃがみ込んで嬉しそうにわしわしとひとしきり撫でてやってから礼を言って戻ってくる。

「大人しくて賢い犬だ。なかなかいい手触りだったよ。おまえも触らせてもらってきたらどうだ？」

「俺はいいです。眺めてるだけで充分。——ここなら犬連れの人もいっぱいいるし、わざわざ自分で飼うまでもないんじゃないですか？」

「わかってないなぁ。俺は自分の犬を飼いたいんだよ」

「だったら、自分でペット可の物件に引っ越して飼ってください」

俺は嫌ですよと言うと、ケチめと不満そうに言われた。

「ああ、そうだ。さっきの夫婦に聞いたんだが、そっちの道をしばらく行くと地元の魚屋や農家がやってる即売所があるんだそうだ。スーパーより安くて新鮮だとさ。帰りに寄って夕食の材料を買っていこうぜ」

「……その材料、誰が料理するんです？」

「おまえ。――嫌か？」

「……ん～、そうですねぇ」

休日にまでおさんどんはしたくないから、帰りにどこか食べ物屋に入るか、出来合いのお総菜を買うかするつもりだったのだが、地元の新鮮な食材にはちょっと惹かれるものもある。

「沢内さんが食材を全部買ってくれるんなら、料理を担当してやってもいいですよ」

「よし、決まりだ。さっそく行こうぜ」

怜治の恩着せがましい答えに、沢内はなんだかやけに嬉しそうな顔をして、急かすように怜治の背中をぽんと叩《たた》いた。


即売所では、数種類の魚と、普通のスーパーでは見たことのない珍しい野菜をいくつか手に入れた。

そして、帰りの道すがら、魚料理に合いそうな酒も買う。

家に帰り着いたのは午後三時をすぎた頃。遅い朝食を食べたきりだったので、早めの夕食にしようと怜治はすぐに料理に取りかかる。

習慣になっているのか、怜治がキッチンに立つと同時に沢内もあちこち掃除していたようだが、普段からマメに掃除しているだけあってすぐに暇になったようで、カウンターから料理する怜治の手元を覗き込んできた。

「もうちょっと時間がかかるんで、風呂にでも入っちゃってください」

その視線が気になる怜治は、そう言って沢内を追い払った。

今日の夕食は、カレイの煮付けと蛸《たこ》とワカメの酢の物、刺身を数種類とアサリの炊き込みご飯、はじめて食べる新種野菜はとりあえずどんな味なのかを確かめるために、歓迎会で行った居酒屋の料理を真似て温野菜のサラダにしてみた。

出資者である沢内の、ほぼ希望通りのメニューだ。

「よし、こんなもんか」

居酒屋のバイトで身につけた技をフル活用して綺麗に盛りつけ、真新しいダイニングテーブルに並べてみる。

「……う～ん、いまいち」

ひとつひとつは綺麗にできているのに、テーブル全体で見ると統一感に欠ける。

料理を盛っている皿が、すべて不揃いなせいだ。

ずっとひとり暮らしで必要なぶんだけ買うようにしていたから、お揃いの皿がまったくない。

（次の週末は食器を見に行こうかな。……別に、沢内さんとお揃いにしたいわけじゃないけど……）

これは、単純に美感の問題だ。

ふたりぶんの料理を並べるには、やはりバラバラよりもお揃いの食器のほうが見栄えがする。

見た目の綺麗さも料理の味のうちだからと、誰にともなく心の中で言い訳していると、ドアが開いて風呂上がりの沢内が入ってきた。

「廊下にまでいい匂いがしてるぞ」

腰にタオルを巻いただけの沢内が、見事に引き締まった魅力的な身体を晒《さら》し、髪を拭《ふ》きつつ浮き浮きした様子で歩み寄ってくる。

どうやら料理の匂いにつられるまま、ろくに身体も拭かずにきたようで、その肌には水滴まで浮いていた。

（……うわあ）

その姿をひとめ見て、怜治はかっと顔を赤くした。

心臓が、唐突に不自然な鼓動を刻む。

他人の裸を食い入るように見るなんて無礼だと思うのに、綺麗に盛り上がった肩のライン

や割れた腹筋に目が吸い寄せられてしまう。

(変に思われる。駄目だ)

自分の狼狽えっぷりに更に動揺しつつ、理性を総動員して沢内から視線をそらした。

「す、水滴をそこらに落とさないでください！　それに服もちゃんと着てきてくださいよ。もう、だらしないんだから！」

「はいはい、わかったよ」

本当におまえは口うるさいなと文句を言いつつ、沢内は妙にご機嫌な様子で鼻歌を歌いながらLDKから出て行った。

(……びびった)

半裸の沢内に必要以上に反応してしまった自分自身に……。

仁志との関係が終了した直後、フリーになったんだからと、仲間達の集まる店に足を運んだことが何度かある。

酔った勢いで服を脱ぎ、自慢の肉体美を見せびらかそうとする者にも何度か出くわしたが、こんなふうに狼狽えることなんてなかった。

一晩だけの相手を捜そうとしたこともあったが、その気になれる相手にはなかなか出会えず、けっきょく一度も目論見《もくろみ》は達成しないまま……。

(きっと、ご無沙汰だったからだ)

あの頃はまだ仁志と終わったばかりで、その手の欲求を切実に感じてはいなかった。あれから一年以上経った今、本人にその自覚はなくとも、誰にも触れてもらえていない身体が寂しさを訴えはじめているのかもしれない。

（きっとそうだ。そうに決まってる）

怜治は火照《ほて》る頬を手の平であおぎながら、そう自分に言いきかせた。

「なあ怜治、次の休みは揃いの食器を買いに行かないか？」

そんな話題が沢内の口から出たのは、料理が半分近く消費されて、かなり酒も進んだ頃だ。

自分がさっき考えていたのと同じことを言われて、怜治はちょっとどきっとする。

「食器類に拘《こだわ》りがあるようには見えませんけど？」

「拘りはないが、揃いってのに憧れがあるんだよ」

「施設にいた頃は、毎日み～んなとお揃いの食器でしたけどね」

「そういやそうだったな」

苦笑した沢内は、湯飲みに入った常温の日本酒をぐっと一気に飲み干す。

「あれとは別の話だ。……ガキの頃に俺の面倒をよく見てくれてた近所の老夫婦が、いちいち揃いの茶碗やら湯飲みやらを使ってたのが印象に残っててさ」

「ご夫婦なら、お揃いっていうよりむしろ夫婦《めおと》茶碗でしょうね。色違いで、女性用のが少し小ぶりな感じのやつ」

「そう、それだ」

頷く沢内に、怜治はなんの冗談だと冷ややかに眉根を寄せる。

「……で、俺に夫婦茶碗を使えと？」

「別に夫婦茶碗じゃなくていいんだ。ただ、揃いの食器が欲しいんだよ。……昔、その老夫婦と一緒に飯を食ってたとき、自分だけ違う食器を使ってるのが少しばかり寂しかった覚えがあるもんでさ。――なあ、いいだろ？　おまえの趣味で選んでいいから」

「そうですね……。支払いが沢内さんなら選んでやらないこともないですよ」

本当は怜治もけっこう乗り気だったのだが、照れ隠しに恩着せがましい言い方をしてみる。

「よし、決まりだ」

沢内は嬉しそうに言うと、手酌で酒を注ぎまたぐいっと飲んだ。

「歓迎会のときから思ってたんですけど、沢内さんってお酒がかなり強いですね」

「まあな。美味い料理があると止まらなくなる質《たち》なんだ。日本酒なら軽く一升はいける」

「……もしかして、俺の料理を誉めてます？」

「ああ、たいしたもんだ」

「どうも。――でも、明日の仕事に差し障りが出ない程度にしてくださいよ」

「はいはい、わかってるって」

釘を刺す怜治に、おまえは本当に口うるさいなと沢内は笑みを深くする。

（……なんか、いっつも嬉しそうなんだよな）

今までのことを思い返してみてもそうだ。

怜治がお小言を言う度に、口うるさいなと沢内は文句を言う。

だが、その顔にはむしろ笑みが浮かんでいるのだ。

——お小言を言われるぐらいが家族みたいでちょうどいいのよ。

そんな坂本の言葉を思い出して、怜治はなんだかこそばゆいような感覚を覚える。

「そうだ。リクエストに応えて、アサリの炊き込みご飯も作ってあるんです。食べたくなったら言ってください」

「それなら、今すぐ頼む」

「もうお酒は飲まないんですか？」

「炊き込み飯をつまみにして飲むさ」

（ご飯がつまみになるんだ……）

ちょっと呆れながら茶碗によそい、生姜《しょうが》の千切りを添えて出すと、沢内は本当に日本酒を飲みながら炊き込みご飯を食べはじめた。

そういうことのできない怜治は、自分で捌《さば》いた刺身をつまみつつ、細身のグラスに注いだ日本酒をチビチビ飲んでいる。

「うん、美味い。この手の料理、どこで覚えたんだ？」

「高校生の頃、和風居酒屋の調理場で住み込みのバイトしてたんです。覚えといて損はないからって色々教わりました」

「へえ、いいところに当たったな」

「俺もそう思います。沢内さんはどんなバイトしてました？」

「俺か？　俺は基本、肉体労働系だな。工事現場やら引っ越し屋やら」

「そういう仕事って、雨の日とか大変でしょう？」

「まあな。そのぶん、実入りもいいからとんとんだ」

そういや、バイト先に面白い人がいてな、と沢内が懐かしい思い出話をしてくれる。

その話に相づちを打ちながら、怜治はやっぱりこそばゆい気分になっていた。

散歩に出たばかりの頃は、なにを話したらいいのかと困惑していたのに、今はごく自然に会話が弾む。

沢内の思い出話が終了した後は、お返しとばかりに、怜治が大学時代の家庭教師のバイト中のトラブルを話してみた。

（……なんだか不思議な感じ）

誰かと一緒に暮らして、一緒に外出して買い物したり、こうして一緒に食事して穏やかに会話もして……。

思い返してみると、こういうのは子供の頃以来だ。

なにかというと頭に手を置いたり背中を叩いたりと、スキンシップが多い沢内につられるように、怜治もまた仕事から逃げ出した沢内を見つけると、その腕を抱き込むようにして掴んで引っ張ったり、両手で背中を押して無理矢理歩かせたりしている。

バイト中はともかくとして、普段からこんなふうに人の身体に気安く触れたりするのも子供の頃以来だった。

（ずっと人に対して遠慮があったから……）

慕っていた義母に捨てられて以来、他人の懐《ふところ》に踏み込むことに怯《おび》える自分がいた。

自分がゲイだと自覚してからは、同性の友達に触れることにさえ、ためらいを覚えるようになった。

（こんなに遠慮なくお小言を言えるのも、沢内さんがはじめてだ）

普通、うるさい奴だと思われて嫌われたくはないから、やはり他人相手だと小言はそうそう言えないものだ。

だが沢内との場合、転勤初日から感情的に怒鳴りつけてしまったせいもあって、その手の遠慮を感じなくなってしまっている。

それに社長と秘書という関係上、転勤にでもならない限り仕事上では離れることはできないから、なにがあろうとお互いの存在をある程度許容せざるを得ない状況にある。

（ああ、そっか……。だからお小言を言うのが家族みたいなんだ）

家族ならば、なにを言っても大丈夫。

多少気まずくなっても、完全に縁が切れることはないから……。

仕事柄とはいえ沢内との縁はそう簡単には切れないから、確かに安心している自分がいる。

そう思い至ると、なんだかまた無性にこそばゆい気分になってしまう。

そうこうしているうちに思い出話が更に過去へと遡《さかのぼ》り、自然に話題は施設に入ったきっかけの話になっていた。

怜治が自分の生い立ちを軽く話すと、「それ以来、家族とは会っているか？」と聞かれた。

「義母とは高校の頃に何度か。弟とは大学に入って少しの間は交流があったんですけど、最近はもうさっぱりです。……離れて暮らす兄より、近くにいる友達と遊ぶほうが楽しいんでしょうね」

「寂しいもんだな」

「ですね……。沢内さんは、どうして施設に？」

「ガキの頃、両親に失踪された。二十年経っても連絡ないところを見ると、どこかでのたれ死んだんだろうな。——うちの親、揃ってパチンコ依存症だったんだ。ろくに働きもしないで有り金全部パチンコにつぎ込んで、それでも足りなくて借金までして、最終的に返せなく蔭で、施設に入れて学校にも通えるようになったからな」

「そう悲壮な顔をするな。その点に関してはむしろ感謝してるんだ。捨ててってもらったお

「……子供を置いて？」

なってトンズラしやがった」

小学三年生で初登校だと、沢内は笑った。

「え？　じゃあ、それまでは学校に行ってなかったんですか？」

「まあな。同じアパートに住む老夫婦がそんな俺を気の毒がって、読み書きや簡単な算数を教えてくれたが」

「夫婦茶碗を使ってたご夫婦？」

「ああ。——自分達は子宝に恵まれなかったからって、俺のことを実の孫みたいに可愛がってくれた。あの人達がいなかったら、俺はたぶん施設に行く前に飢え死にしてただろうな。うちの親は、子供に金を使うぐらいなら、パチンコにつぎ込むような奴らだったから……」

自分達も年金暮らしでかつかつの生活をしているのに、子供が遠慮なんかするなとご飯を食べさせてくれた。

親に面倒を見てもらえない沢内がいつも同じ服を着ていると、新しい服を買ってやれなくてごめんねと謝りながら汚れた服を洗濯して、ほつれたところを丁寧に縫ってくれた。

本来ならば、両親から与えられるはずだっただろう、生きていくための基本的な知識や世

間の常識も、彼らがすべて教えてくれた。

「そんなだったから、親に捨てられてもなんのダメージもなかった。施設に入るってんで、あの夫婦と離れることは辛《つら》かったけどな」

「その老夫婦とは今もおつき合いが？」

「いや……。ふたりとも、もう死んだ。俺が大学生の頃だ。最初に爺《じい》さんのほうが死んで、その一月後に婆《ばあ》さんが……。婆さんをひとり暮らしさせときたくなかったから、引き取るための算段をつけてたんだけどな。——俺より、爺さんの側のほうがよかったんだろうよ」

沢内は少し拗《す》ねたような口調になる。

「沢内さん、ふられちゃったんですね」

怜治がわざとからかう口調で言うと、「そういうことになるか」と苦笑する。

「敵は五十年以上も連れ添った相手だ。負けて当然か」

「そりゃそうですよ。——施設には、すんなり馴染めました？沢内さんのことだから、規則破って怒られてそうだな」

「トラブルは起こさなかったが、適当にズルはしていたか……。よく聡巳から、規則を守らなきゃ駄目ですよって注意されたもんだ」

「橘さんって、子供の頃から生真面目だったんだ」

「そうだな。生真面目すぎて周囲から浮くこともあったが……。まあ、ガキの頃から危なっかしい奴だったよ」

「小さかった頃の橘さんって、すっごく可愛かっただろうな」

（子供の頃は、あんな変な眼鏡《めがね》なんかかけてなかっただろうし……）

昔風の銀縁眼鏡をかけ、髪をぴっちり整髪料で固めた仕事中の聡巳の姿を思い浮かべながら、怜治は微笑んでいた。

聡巳は決して派手ではないものの、地味に整った上品な顔立ちをしているのだが、妙に神経質そうに見えるいかにもな日本人サラリーマン風の出《い》で立ちのイメージが強すぎて、その生来の美しさに気づく者はあまりいない。

「ああ、大概の女の子達よりも可愛かった。……困ったことに」

「なんで困るんです？」

「おまえんとこの施設にはいなかったか？　ショタとかロリとか」

「……いました」

怜治も、軽度のショタコンとおぼしき中年女性のボランティアに追いかけ回され、困り果てたことがある。

その話を沢内にすると、「聡巳も追いかけ回されてたな」と苦笑した。

「ただし、おまえと違って、本人に追いかけ回されている自覚はなかったが……。お蔭でこっちはフォローに必死だったよ」

「ああ、橘さん、ちょっと鈍いとこあるから……」

「やっぱりおまえもそう思うか」

「思います。自分が綺麗な顔してるって自覚もないみたいですし……。あんな不格好で似合わない眼鏡を平気でかけること自体、自分の顔に無頓着な証拠ですよ」

「あの眼鏡のフレーム、実は大学の入学祝いを兼ねて俺が買ってやったんだ。虫除けになればと思ったんだが、予想以上に効果があったようだな」

「入学祝いって……。じゃあ、十年近く使ってるんですね。物持ちいいなぁ」

「あいつは義理堅い奴だから。レンズや部品をちょいちょい交換しながら、大切に使ってくれてるようだ。プレゼントのし甲斐があるよ」

沢内が嬉しそうに微笑む。

(……そっか。この人も、橘さんが大切なんだ)

子供時代を共に過ごした者を大切に思うのは当然のことなのに、なぜだか気に障る。

たぶん、今日で距離が一気に縮まったような気がして、沢内相手にこそばゆい気分になっていたせいもあるのだろうが……。

(別に、こんなのいつものことだ)

人と人との間には、強弱含めていろんな絆《きずな》がある。

親子として過ごした義母との絆は、実子との強い絆とは比べものにならないほど弱かった。

親友だと思っていた初恋の相手との絆も、ちょっとしたわだかまりであっさり途切れた。

愛人として長い時間を共に過ごしたはずの仁志との絆は、自分が仁志と出会うずっと以前から関わりがあった聡巳と絆の前では脆《もろ》かった。

怜治が手にする絆は、いつだって儚《はかな》いほどに弱い。

同居することでぐっと近づいてしまった沢内との絆も、きっと今まで同様ほんのちょっとしたことで切れる程度のもの。

あくまでも仕事絡みの関係で、どちらかが転勤になればそれで切れてしまう縁でしかない。

家族みたいだなんてこそばゆい気分に浸っていると、いつかそんな自分の思い上がりに打ちのめされ、恥ずかしく思う日が来るかもしれない。

というか、すでに怜治は軽い自己嫌悪を感じはじめていた。

「なあ、聡巳とはどれぐらい親しいんだ？」

「どれぐらいって……」

人との絆なんて、あくまでも主観的なものだ。

自分が思う程に相手が思ってくれないことがあると知っている怜治は返事に困る。

「そうですね……。期間で言えば、知り合ってから、かれこれ三年にはなりますね」

「そんなに前から知り合いだったのか」

「ええ、まあ……」

はじめて聡巳と出会ったのは、怜治が仁志の部屋に泊まったときのこと。

寝汚《いぎたな》いところのある仁志が昼近くになっても起きてくれず、自分が寝ている間に勝手に帰ったら駄目だと言われていた怜治は、帰るに帰れなくて困っていた。

帰り支度をした状態で、早く起きてくれないかなと仁志の目覚めを待っているところに、突然聡巳が飛び込んで来たのだ。

『何時だと思ってるんですか！　会議に遅れますよ‼　さっさと起きて出掛ける準備をしてください‼』

白い額に軽く青筋を立てた聡巳が強引に仁志を揺り起こし、バスルームへと追い立てる。仁志を睨みつけるその眼差《まなざ》しの冷ややかさに怜治は心底びびり、部屋の隅で息を殺してその様子をただ見守っていた。

（怖っ）

仁志から、その秘書である聡巳のことは聞いていた。

自分が寝坊したときのために秘書に合い鍵を預けているから、もしかしたらおまえと鉢合わせすることもあるかもしれない。そのときのために、おまえの存在はあいつにあらかじめ話しておくが、口が堅い奴だからあいつの口からこの愛人契約が外に漏れることはない。その点は安心していいと……。

（……きっと俺も怒られる）

堅物で真面目そうな人だから、金で愛人をやっている自分のことなどよく思ってないに違いない。あの冷ややかな目で見つめられて、軽蔑《けいべつ》も露わな表情で、どうして仁志を起こさなかったのかと説教されるに決まってる。

どんな事情があるにせよ、金で身体を売るってことが、世間的には誉められたことじゃないってことぐらいわかっている。

そのことで軽蔑されたり見下されたりするのは仕方のないことだと覚悟していたが、実際にその立場になるとやはり身が竦んだ。

仁志の姿がバスルームに消えた後、聡巳は怜治に振り向いた。

『……太田怜治くんだよね？』

その視線は、予想に反して柔らかなものだった。

『もしかして君、高校生？』

違う、大学生だと怜治が答えると、学校に行かなくて大丈夫なのかなと聞かれた。

その柔らかな眼差しと口調に少し安心して、あまり大丈夫じゃないと答えたら、すぐに帰るようにと促された。

『仁志さんには俺から言っておくから……。今後、講義があるのに、あのろくでなしに引き止められるようなことがあったら教えてくれないか？　俺のほうから叱《しか》っておくよ』

ほら早く行って、と背中を押され、その日は追い立てられるようにして仁志の部屋を後にした。

その後も、何度か仁志の部屋で顔を合わせたが、いつも聡巳は怜治に優しかった。

怜治が施設育ちだと知ってからはより親身になってくれて、お金のためにそういう仕事をするのが辛いようだったら、自分がお金を貸してあげるとまで言ってくれた。

見返りになにか要求したりはしないし、利子も取らないからと……。

仁志との関係が苦痛ではなかった怜治は、気持ちだけありがたく受け取って、その申し出は断った。

仁志との関係を解消し、風間興産に就職して聡巳の後輩になってからも、聡巳の態度は変わらなかった。

生真面目で、ちょっと鈍いところもあってお人好し。

これからもこの人との縁は、なにがあっても大事にしていこう。

怜治は本気でそう思っていたのだ。

だがそれも、仁志と聡巳が恋人同士となったことで事情が変わった。

たとえ怜治が恋人のかつての愛人であったとしても、聡巳のほうはこれまで同様のつき合いを続けてくれるつもりでいるようだ。

だが現実問題として、自分の過去の悪行を聡巳に思い出させてしまう怜治と、現在の恋人である聡巳が頻繁に顔を合わせる間柄であることを仁志は望んでいない。

仁志と自分とを秤《はかり》にかけたら、聡巳がどちらを選ぶかは火を見るよりも明らかだ。

（今のところ、態度変わってないけど……）

たぶん仁志から、まだなにも言われていないだけだろう。

とはいえ、物理的な距離もあいてしまった今となっては、ごくたまに電話で話す程度のつき合いしかできやしない。

怜治は、この絆がいつ失われてもショックを受けたりしないよう、すでに覚悟だけは決めている。

（どういうふうにして橘さんと知り合ったのかって聞かれたら、さすがに困るな）

密かに怜治は焦っていたが、沢内はその点には興味がなかったようだ。

「それなら、もしかしてあいつから聞いてるんじゃないか？」

「なにを？」

「いや……うん、その……あいつ、最近いきなり引っ越ししただろう？」

なにやら沢内は酷く気まずそうに言った。

「それも、よりによって風間専務の部屋に……。あれって、どういうことなのか知ってるか？」

聡巳が仁志の部屋に引っ越したのは、彼の恋人である仁志がそれを望んだからだ。

というか、あれはほぼ事後承諾で、聡巳の荷物を仁志が自分の部屋に勝手に運ばせたのが真相だった。

近くで彼らの動向を見ていたから怜治はそこら辺の事情をすべて知っていたが、あえてすっとぼけることにした。

「……どういうって？」

気まずそうに聞いてくる沢内が、やっぱりいい、と質問を引っ込めてくれることを期待したが、そううまくはいかない。

「普通、上司と部下が一緒に暮らすなんてことはしないだろう」

「……普通はね。でもほら、現にいま俺は上司と同居してますけど？　さて、これはいったいどういうことなんでしょうねぇ？」

怜治が嫌味な口調で聞くと、沢内が苦笑する。

「俺の場合は渡りに船って感じだな。ちょうど空き部屋もあったし」

「沢内さんのために空けてあったわけじゃないですよ」

「はいはい。悪かったたって……。——だが聡巳の場合、別にあいつの部屋に押しかけなきゃならない理由はないはずなんだ。仕事中に個人的な雑用まで押しつけられているぐらいなのに、同居なんてしたら、それこそ使用人扱いされててもおかしくないぐらいだ」

「……どうなんでしょう？　橘さんに直接聞いてみたらいいんじゃないですか？」

「もちろん聞いたさ。だが何度聞いても、そのほうが色々と都合がいいから引っ越しただけだって言い張りやがる」

どうもそれが嘘くさいんだよなぁと、沢内は眉間に皺を寄せた。

（……心配で心配でたまらないいんだな）

――羨《うらや》ましい。

こんなふうに本気で心配してくれる人のいることが……。

そんな気持ちがふと胸をよぎる。

だが怜治は、慌ててそんな気持ちに蓋をして見なかったことにした。

そんなふうに思っても、自分が惨《みじ》めになるだけだから……。

（早く、違う話題を振らないと……）

これ以上、この話をしていても憂鬱な気分になるだけだ。

こんな話題はさっさと打ち切ってしまおうと思っていたはずなのに。

「……本当は、橘さんが押しかけたんじゃなく、風間専務が無理矢理引っ張り込んだようなものですけどね」

ふと気づくと、逆に沢内の興味を惹くようなことを口走ってしまっていた。

（なにを言ってるんだ、俺は）

自分でもなぜこんなことを言ってしまったのかわからない。

しまったと思ったときには後の祭りで、酷く怖い顔をした沢内がテーブルに身を乗り出してくる。

「なんだ、それは……。まさか、本当に使用人扱いされてるんじゃないだろうな」

「え、ち、違いますよ。むしろ、その逆。とても大切にされてると思いますよ」

「なんでそう思うんだ？」

「えっと……その～……勘……とか？」

「嘘をつくな。——おまえ、なにか知ってるんだろう？」

静かな低い声。

沢内は、今までみせたことのない険しい顔をしていた。

（——怖い）

ふたりきりの状態で、自分より二回りも大きい男に本気で威嚇されるのは、さすがに怖い。

思わず怜治がビクッとして身を引くと、ふっと我に返ったように沢内も身を引いた。

「悪い。脅かすつもりはなかった」

「別に、いいですけど……」

そんなこと、言われなくてもわかってる。

ただ単に沢内が、ふと我を忘れてしまうほど、聡巳のことを大切に思っているだけ。

聡巳を心配する気持ちのほうが、自分に対する気遣いより強いだけ……。

（……わかってる。いつだって、そうなんだから……）

わかってても、どうしても胸がしくしくと痛くなる。

誰かが、誰かを、大切に思う。

自分が大切だと思う人達からいつも背を向けられ、ずっとひとりで生きてきた怜治にとって、目の前でその絆をみせられるのは辛いことでしかない。

だから、羨ましい。

羨ましさのあまり、妬《ねた》ましくもなる。

人を妬んでしまうのが嫌だから、いつもは羨ましいと思う気持ちを無理矢理抑え込んでいるが、今回は駄目だった。

羨ましくて、妬ましくて、その絆を壊してやりたくなる。

(だから、さっきもあんなこと言っちゃったのかも)

わざと沢内の興味を引いて、彼が知らない真実をぶちまけてみたかったのかもしれない。

真実を知ることで、ふたりの間になんらかの亀裂が入ればいいと無意識のうちに思ってしまっていたのかもしれない。

そんなふうに思い至ってしまうと、それをどうしても実行に移したくなってきた。

胸に淀《よど》んだ暗い気持ちを、もう抑えきれそうにない。

怜治は、うっすら微笑むと、ぼそっと呟いた。

「……あのふたり、できてるんですよ」

「できてる？　なにが？」

「だから、恋人同士なんです」

微笑んだまま、怜治は沢内の顔をじっと見つめた。

(どんな反応をみせるかな)

ゲイカップルに嫌悪感を示すか、それとも理解できないと心底困惑するか。

どちらにせよ、この事実を知ったことで、次に聡巳と会ったときに沢内は平常心ではいられなくなるはずだ。

冷ややかになるか、よそよそしくなるか、確実にこれまでとは違う態度をみせるはず。

親しかったふたりの間に、いま自分は小さな溝を刻みつけてやったのだ。

(俺って……ホント嫌な奴)

暗い喜びと、それに勝る自己嫌悪。

怜治は、鉛《なまり》を飲み込んだような重苦しい気分になっていた。

「……あいつは、ゲイじゃなかったと思うんだが」

呆然とした顔で沢内が呟く。

「っていうか、そもそも色恋沙汰に疎《うと》かっただけでしょう。風間専務が初恋の相手みたいですしね」

「初恋って、あの年でか？　あいつ二十八だぞ」

事実はちょっと違うのだが、そこまで詳しく話してやる義理もないので、「橘さん、ちょっと鈍くさいところもあるし……」と怜治は適当に相づちを打つ。

「それはそれで凄いな」

沢内は呆然としたままで呟き、次いで、ふっと微笑んだ。

「そういうことなら、これ以上の詮索《せんさく》は余計なお世話か」

「――え？　って、まさか認めるんですか？」

「認めるもなにも、俺がどうこう言う筋の話じゃないだろう。あいつが幸せならそれでいい。

……前にあのふたりを社内で見かけたとき、やけに聡巳が柔らかな表情してて、ちょっと奇妙な感じだとは思ってたんだ」

そういうことなら納得だと、沢内はひとり頷く。

（こんなあっさり認めちゃうんだ）

予想外の展開に怜治は拍子抜け。

（それだけ大切に思ってるってこと？）

普通とは違う生き方をしていても、本人が幸せならばそれでいいと思えるのだから……。

それはそれで、なんて羨ましい関係だろう。

とはいえ、お相手である仁志の過去の悪行を知ったら、さすがに平静ではいられないだろうが。

（言わないけどさ）

芋《いも》づる式に、かつての自分のこともばれてしまっては困るから。

不発に終わった悪意に、どこかほっとしたような気分になった怜治は、気を取り直すべくお酒を口にした。

「……しかし、男相手かぁ」

同じようにぐいっと酒を口にした沢内は、なにかしみじみとした口調で呟きながら、怜治の顔をまじまじと見ている。

「今まで考えたこともなかったが……」

続くそんな呟きに、怜治は密かに狼狽えて、沢内から視線をそらした。

(きっと、俺相手ならやれるかもって考えてるんだ)

そこらの女の子達より綺麗な怜治の外見を見て、そういうことを言う奴は中学生ぐらいからけっこういた。

太田とならやれるぜと言う友達の言葉に、中学生の頃はふざけるなとむかつき、自分がゲイだと自覚してからは馬鹿にするなと腹を立てた。

(女の代わりなんか真っ平だ)

あくまでも間に合わせの代用品、そんな扱いは我慢ならない。

男である自分を、男のこの身体を求めてくれる人以外は必要ない。

そう思うのに……。

（くそっ、まただ）

さっき沢内の半裸を見たときと同様、気づくと怜治の心臓は不自然な鼓動を刻んでいた。思い出しちゃ駄目だと思うのに、水滴が浮かんだ沢内の肌が脳裏に鮮やかに浮かんで、どうしても消えてくれない。

酒の酔いのせいもあって、あの身体に触れてみたいという欲求を抑えることができそうにない。

（それなら、いっそのこと……）

怜治は一度深呼吸してから、沢内を睨みつけるようにまっすぐ見た。

「興味があるんなら、俺で試してみますか？」

どうせ向こうは自分のことを女の代用品として見ているのだ。

それならばこちらも欲求を満たすための道具として、あの見事な身体を使ってなにが悪い。

「今は特定の相手もいないし、試してみたいんなら、お相手してやってもいいですよ？」

恩着せがましい口調でそう言う怜治を、沢内は驚いたような顔で見ている。

「おまえもそっちなのか？」

「女性に欲求を感じたことは今まで一度もありませんね。カミングアウトはしていないので、会社では内密にお願いします。――で、どうします？」

挑みかかるようにぐっと前に出て聞くと、沢内は逆に軽く身を引いた。

「あ～、そうだな。……まあ、ちょっと考えとくよ」

(尻込《しりご》みしてやがる)

そのはぐらかすような口調に、怜治はくっと口の中で小さく笑う。

沢内の肉体の魅力に負けたような気がしてなんだか酷く悔しかったけれど、狼狽える姿を見たことでちょっとだけ溜飲が下がった気がした。


食事の後片づけはいつもふたりでやる。

怜治が洗った食器を沢内が綺麗に拭き上げ、その後で怜治が作りつけの食器棚のそれぞれ所定の位置に皿を収めていく。

「食器棚もまだ全然スペースあるし、これなら大量に食器を増やしても大丈夫だな」

「そうですね。――今日はさすがにちょっと飲み過ぎたみたいなんで、風呂に入ったらすぐに寝ます。まだテレビ見てるなら寝るときにここの灯りお願いしますね」

「おう」

「じゃ、おやすみなさい」

あくびを噛み殺しながら、怜治はＬＤＫを出た。

長距離の散歩でちょっと疲れた身体を湯船でのんびりほぐし、寝癖にならないよう丁寧に髪を乾かしてから寝室に戻るべく廊下に出た。

と、そこで、やはり自分の部屋に戻ろうとする沢内と鉢合わせする。

「お、ちょうどいいタイミングだったな」

「もう一度、お風呂に入るつもりでした？　食事前にすませたし、もういいかと思って湯船のお湯は抜いちゃいましたよ」

すれ違いざまにそう告げると、風呂じゃないと沢内が言う。

じゃあなにがいいタイミングなんだろうと首を傾げた怜治は、なぜか沢内が自分の後をついてきていることに気づいて足を止めた。

「なにかご用ですか？」

首だけ捻《ひね》って振り返った怜治がそう聞くと、軽く屈み込んだ沢内がその唇に軽く触れるだけのキスをする。

「……え？」

（――なに？）

あまりにも唐突すぎる行動に、怜治はその場で固まった。

一瞬の出来事すぎて、唇に触れてすぐに離れたその感覚が現実とは思えない。

固まったまま、ぽかんとした表情をしている怜治に、沢内が「なにびっくりしてるんだよ」と苦笑した。

「試してみるかって言ったのはおまえだろう？　――熟考の結果、受けて立つことにした。おまえの部屋のほうでいいんだよな？」

立ち止まったままの怜治を追い越して、沢内がずかずかと怜治の寝室に入って行く。

（……ど、どうしよう）

あの肉体に対する興味は確かにあるけれど、すでに欲求を理性でコントロールできるぐらいには酔いも醒《さ》めてしまっている。

自分が引き起こした事態ではあるが、この唐突な展開に、怜治はただ呆然と立ちすくんでいた。


（逃げる……わけにはいかないか）

言い出しっぺは自分なのだから……。

怜治は一度深呼吸してから、沢内が開けっ放しにしていたドアから寝室に入った。

「随分年季の入ったベッドだな。せっかく広い部屋に引っ越したんだし、新しいのを買ったらどうだ？」

ベッドに腰かけていた沢内が、身体を揺らしてシングルのベッドをギシギシと軋《きし》ませる。

「そんな金ありませんよ。俺はまだ入社一年目の新入社員ですからね。あのソファと引っ越し代ですっからかんです」

後ろ手でドアを閉めたものの、沢内に近づき難くて、そのままドアにもたれかかる。

「おまえ、新入社員だったのか」

驚いたような声に、怜治は眉をひそめた。

「呆れた。本当に会社から渡された資料には一切目を通してないんですね」

「はいはい、悪かったって……。——ちゃんとサラリーマンしてるし、しっかりしてるから、ただ童顔なんだと思ってた。じゃあ今二十二？」

「二十三歳です」

「七歳違いか……。二十三にしても、やっぱり童顔だな。聡巳もそうだが、おまえもつるっと綺麗な顔してて、男臭いところがあんまりないぶん幼く見えるみたいだ」

沢内は軽く目を細めて微笑んだ。

（こんなときに橘さんの名前を出さなくても……）

なんの気ない会話なのかもしれないが、怜治にとっては不愉快だ。

こういうときに他の男の名前を出して欲しくない。

（……って、そんなこと言っても無駄か）

本来の恋愛対象である女性から、こんなときに他の女の名を出すなと言われたら、きっと悪いと謝るだろう。だが、怜治が他の男の名を出すなと言っても、なぜそんなことを言われるのか、ゲイではない沢内にはその理由が理解できない。

それに、これは怜治側の問題でもある。自分を手放すことには一切のためらいをみせなかったかつての愛人が、唯一無二の存在として望んだ相手が聡巳だ。

比べるような問題じゃないってわかってるけど、選ばれなかった自分が聡巳よりずっと劣っているような気がして、どうしても過剰反応してしまう。

「いつまでそんなとこに突っ立ってるんだ？」

ドアに凭れたまま軽く俯《うつむ》いた怜治に、沢内がこっちこいよと気楽な調子で言う。

「もしかして、怖じ気《おけ》づいたか？」

「そんなことありません！」

からかうような口調にカチンときて、負けず嫌いの怜治は顔を上げた。

その途端、シャツをインナーごと脱ぎ捨てる沢内の姿が目に飛び込んでくる。

（ああ、もう……）

逞《たくま》しい上半身が視界に入ると同時に、トクトクトクッと不自然に鼓動が速まる。

酔いは醒めたはずなのに、耳元がかあっと熱くなって、熱に浮かされたように頭がぼんやりしてくる。

（……やっぱり、あの身体に触ってみたい）

気がつくと怜治は、ごくんと生唾《なまつば》を呑み込みながら、ゆっくりと沢内に向けて足を踏み出していた。

「おまえも早く脱げよ」

目の前に立つと同時にそう言われて、怜治は戸惑う。

以前関係があった仁志は、これもセックスの楽しみのうちだと言って怜治が自分で服を脱ぐことを許さなかった。

この手の所作の好みは人によってそれぞれ違う。

そんな当たり前のことを認識すると同時に、怜治は少し不安になってきた。

(……大丈夫なのか)

怜治にとっては、これが生涯で二人目の男。

最初の男である仁志は、取り立てて変な趣味もなく、お互いに気持ちよくなれなければ楽しくないと、その最中は最初から献身的ですらあり優しかった。

だからこそ怜治は、この手の行為に対して不安や恐怖を感じたことがない。

だが沢内は、間違いなく男相手では初心者だ。

男の身体を開く手順だってろくに知らないだろうし、喜ばせるテクも知らないだろう。

怜治自身、仁志と別れてから誰とも情を交わさずにいたから、以前ほど簡単にそこを開いて楽しむことはできないような気がする。

(っていうか、この人、俺の身体に触れるのか?)

胸が極端に小さい女だと思い込もうとしたところで、怜治の身体には沢内と同じものがついているのだ。

ゲイではない沢内にとって、それに触れて奉仕することは苦痛でしかないだろう。

「……脱ぐ前に灯りを消しましょうか？」

不安になった怜治がそう聞くと、「恥ずかしいってか？」と沢内がニヤニヤする。

「違います！　あなたのために言ってるんですよ。男の身体を直視するのは嫌なんじゃないかと思って……」

「おまえのなら平気だ」

「それならいいんですけど……。それと、変な趣味とか持ってないですよね？」

「変な趣味ってなんだ？」

「だからその……ＳＭ系とか……そんな感じの……」

「ああ、それなら大丈夫だ。至ってノーマルだから」

「そうですか」

少しほっとしながら、ベッド脇のサイドボードから怜治はスキンを取り出した。

それを見て、沢内が肩を竦める。

「ちなみに病気も持ってないぞ」

「俺もです。でもマナーだし、使わないと後の始末が面倒だから……」

「それもそうか。――寄こせ」

言われるまま差し出された手の平にスキンを載せると、沢内はそのままそれを枕元に放り投げた。

両手が空いた怜治は、覚悟を決めてパジャマのボタンを外していった。

見られてると思うと、緊張してどうしても指が震えてしまう。

とはいえ、動揺しているのを知られるのは嫌なので、少し乱暴な仕草で慌ただしく一気に服を脱ぎ捨てる。

「おまえ、痩せてるなぁ。飯は……俺と同じものを食ってるか」

沢内が苦笑する。

「食べてますね。太らない体質みたいです」

「そんなこと言って油断してると、そのうち下っ腹にくるぞ」

「沢内さんを捜して社内を駆け回っている間は大丈夫ですよ」

チクリと嫌味を言うと、悪かったなとまた沢内が苦笑する。

（この人相手だと、ムードもなにもないな）

素っ裸で向き合っているのに、普段通りに小言を言っているのが変な感じだ。

「まあ、がりがりってわけじゃないし、それなりにうっすら筋肉もついてるから、これで健康体なのか……。男の裸をまじまじ見ることなんて今までなかったが、こうして見ると案外綺麗なもんだな」

座ったままの沢内が、目の前に立つ怜治の胸になんのためらいもなく、ひたっと手の平を当てる。

久しぶりの人の手の感触に思わずビクッとしてしまったが、怜治はあえて冷静を装う。

「小さいし細いし、胸のない女だと思えないこともないですか？」

少し自嘲《じちょう》気味に笑うと、全然違うだろうと沢内は答える。

「女の身体はもっと丸いし、触った感じも全然違う。向こうはこう、ふにゃっとしてて、手が身体にめり込むような感じだしな。やっぱり、女と男じゃ基本的な体脂肪量が違うせいで、触り心地も違うのかな？」

「そんなこと聞かれても、俺は女性の身体に触ったことがないんで、そもそもその違いがわかりません」

「そりゃそうか」

失礼と言われて、怜治は軽く肩を竦めた。

「で、どうします？　男相手ははじめてなんですよね。俺がリードしてもいいですか？」

「そうだな。頼む」

わかりましたと頷きながら、さてどうしようかと密かに悩む。

あの逞しい肩とか胸とかに思う存分触ってみたいところだが、完全にお試しモードの沢内相手に鼻息を荒くするような真似はしたくない。

仁志とだったらまずはじっくりキスから入っていたが、まじまじこっちを見ている沢内に自分から顔を近づけていくのもためらいがある。

こっちが一方的にその気になって、誘うような仕草や目線で色気を振りまいたとしても、ゲイではない沢内にとっては面白い見せ物にしかならないかもしれない。

視覚の刺激で興奮させる努力は、きっとやればやるだけ虚しい。

(前戯も無理だろうな。……さっさと勃《た》てて挿《い》れさせるか)

男の身体は欲望に正直にできている。手っ取り早く直接的な刺激を与えて、その気にさせてしまうのが一番よさそうだ。

悩んでいることを知られたくなかったから、そうと決めるとすぐに行動に移った。

ベッドに腰かけた沢内の前に跪《ひざまず》いて、そこに視線を向ける。

(……ああ、もう。なんで俺、こんなに緊張してるんだ)

どきどきして、指が震える。

緊張というより、むしろ興奮しているのだが、それを認めるのはなんだかシャクだった。

(こういうことがあまりにも久しぶりすぎるせいだ)

きっとそうだと自分に言い訳しながら、沢内のそれを手で扱《しご》き刺激する。

(やっぱり、仁志さんのとは違うな)

当然だが、茂みの濃さもそれの大きさもまるで違う。

少しずつ大きくなっていくそれはゴツゴツと無骨な感じがして、持ち主に似ているようでちょっと面白い。

（これが俺の中に入ってくるのか……）

もっと大きくいきり立ったそれが、力強く奥を穿《うが》つ。

それは、どんな感じがするだろう？

そんな想像をした途端、どくんと鼓動が不自然に脈打った。

仁志と別れて以来、自分でもそういう意味では触れていなかったそこが、きゅうっと勝手に収縮する。

忘れかけていた感覚が身の内に甦ってきつつあるのを自覚して、怜治は頬を赤くした。

（……くそっ。俺、やっぱり興奮してる）

そういうことをしようとしているのだから、興奮して当然。

だが、自分ばかりが先走っているようで面白くない。

沢内にもさっさとその気になってもらおうと、手で刺激を加えつつ、顔を近づけていって、ちゅっとそれに唇で触れてみる。

「おっ、もしかして咥《くわ》えてくれんのか？」

「もちろん。そのほうがなにかと手っ取り早いでしょう？」

すでに興奮している自分を気づかれたくなくて、怜治は顔を上げないまま平静を装って答えた。

焦《じ》らすように、何度か音を立ててキスをしてから、今度は舌先でそれを舐《な》め上げる。

ゴツゴツと筋張ったラインを丹念になぞり、また先端にキスをしてから、滲《にじ》んできた雫《しずく》を舐め取る。

「……んっ……」

思い切って咥えてそれを唇で擦《こす》り上げると、更に口の中で熱く、大きくなる。

(すごい)

もっとそれを口の中で感じたくて、怜治は夢中で奉仕した。

張り出した部分の引っかかりを唇で確かめ、奥深くまで何度も呑み込み、そして吸い上げ、擦り上げる。

「おまえ、うまいな」

少しうわずった沢内の声に、怜治は更に興奮した。

口で感じている刺激に身体が反応して、下半身にじわりと熱が溜まりはじめる。

(……欲しい)

触れられることのないままにゆっくり頭をもたげはじめたそれより、それを呑み込む喜びを思い出してしまった後ろのほうが疼《うず》く。

たまらなくなった怜治は、沢内のそれから唇を離すと、代わりに右手の指を自分の口の中に入れた。

にじみ出した沢内の雫と唾液《だえき》とが混じったぬめりを指に取り、それを後ろ手で自らの後ろに塗り込め、ゆっくり差し入れてみる。

「あ……んん……」

早く広げたいと焦る気持ちのまま、ぐいっと中を指で押し広げながら、同時に沢内のそれをまた咥えてその感触を口で確かめる。

(そう……この感じ……)

仁志と共にいた頃、いつもこんな喜びに身をまかせていた。

怜治は目を閉じて、身体の奥深いところから湧き上がってくる甘い疼きに集中する。

余計なことはなにも考えず、ただ無我夢中になって身体を動かすだけの、恋愛とは違う肉体だけの喜びを求めて……。

見られていることすら忘れて、夢中で沢内のそれを唇と舌で味わいながら、自らの指で内壁を擦り上げ、その刺激に腰を揺らした。

白く細い身体を自らくねらせるその姿は、扇情的ですらあった。

いつの間にか、それを眺めていた沢内の目にも、好奇心とは違う欲望の色が浮かんでくる。

「……なるほど、こりゃ悪くない」

普段はぽんと頭に置かれるだけの手の平が、怜治の頭を優しく撫でた。

その手が頬を包み、まるで猫の子をくすぐるように指先で耳元をくすぐられて、怜治は思わずぶるっと大きく身震いする。

「ここが好きか?」

笑みを含んだ声が聞こえると同時に、不意に脇の下に両手を入れられて引き上げられた。

その拍子に、内側を刺激していた指が引き抜かれてしまう。

「ん……や……」

いいところなんだから邪魔するなと文句を言うより先に、ベッドの上に押し倒され、首筋に顔が近づいてきた。

「ひっ」

——嚙まれる。

なぜそんなふうに感じたのか、自分でもわからない。

ただ本能的な恐怖を感じた怜治が小さく悲鳴をあげると、沢内はすぐに離れていった。

「なに怖がってるんだ?」

不思議そうに聞かれた怜治は、気まずさを感じながらも素直に答えた。

「嚙みつかれそうな気がして……」

「そういう趣味はない。……まあ、ある意味、おまえを喰《く》う気になってるけどな」

ふっと男臭い笑みを浮かべて、再び沢内が首筋へと顔を寄せてくる。

(俺を喰いたいと思ってくれてるんだ)

嬉しいと思ってしまう自分がちょっと悔しい。

「……ん」

耳元の柔らかいところに軽く歯を当てられ、舐め上げられて、再びぶるっと震える。

噛みつかれそうな不安から逃げ出したい気持ちと、それに勝る高揚感。

混ざり合ったふたつの感情に、ぞくぞくと興奮している自分がいる。

「怜治」

名を呼ばれて目を開けると、男臭い笑みを浮かべたままの唇が怜治に近づいてくる。

(キスする気だ)

ついさっきまでそれを咥えていた唇にキスすることに抵抗感はないのだろうか?

少し不安に思って、沢内を見ていると、「なにぼけっとしてる。口あけろ」と急かされた。

「あ……はい」

条件反射的に開いた唇に、沢内の唇が強く押し当てられる。

迷うことなく沢内の舌が口腔内を探り、強く舌を絡めて吸い上げてくる。

「……ふ……んんっ……」

乱暴なようでいて、強引すぎないキス。

大きな手で首の後ろを摑まれ、沢内にとって都合のいい角度を強引に取らされたが、怖いとは感じない。

むしろ、その手の力強さに安心感すら覚えている。

「ん……ぅ……」

無我夢中で与えられるキスの喜びに酔いしれながら、怜治は触れたいと思っていた沢内の逞しい肩に嬉々《きき》として指を這《は》わせはじめる。

「なあ、もうちょい慣らしたほうがいいのか？」

長いキスの後、のぼせたようにぼうっとなっていた怜治は、そう聞かれて瞬《まばた》きしながら沢内を見つめ返した。

「さっきおまえがしてたみたいに、指突っ込んで広げてやろうか？」

「いえ……もう大丈夫です」

本来ならばそこは排泄のための部位だ。

そこを使う趣味の持ち合わせでもなければ、そうそう触れたいとは思わないはずだ。

「スキンはちゃんとつけてくださいね」

「はいはい。——で、前からか後ろからか、どっちがいい？」

どっちでも、と言いかけたが、考え直した。

「……後ろから」

キスしている最中にそれが沢内の身体に触れてしまっているから、触れられてもいないのにすっかり形を変えているのはバレバレだろう。

それでも、やっぱりそれを沢内の視界にはあまり入れたくない。

見られたことで、やっぱり女じゃないんだよなと興ざめされるのが怖い。

本当は、まだ身体の準備はできていない。

この状態で挿れられたら、きっと辛いだろう。

それでも、そんなことがどうでもよくなるほど欲しがっている自分がいる。

でも、そんな自分を浅ましいとは思わない。

(……もう、ずっとしてないからだ)

だから、身体が飢えている。

久しぶりに触れる男の身体と長いキスに煽《あお》られて、どうしようもないほどに興奮してしまっているだけ。

(相手が誰でも同じ……。俺の身体は、こういう関係を喜べるようにできてるんだ)

恋愛感情なんて必要ない。

ただ身体を重ねることで充分に楽しむことができると、怜治は仁志との関係で学んだ。

(沢内さんだって同じなんだ)

ただの好奇心から、お試し感覚で男の怜治を抱こうとしている。

お互いにお互いの身体を利用しているだけ。

沢内だって、この新しいお遊びに夢中になって早く挿れたがっているのだから、欲しいと思ってしまう自分を恥ずかしがることなんてない。

怜治は自ら俯《うつぶ》せると、沢内がやりやすいようにと四つんばいになった。

その背後で沢内がスキンをつける気配がする。

(……そろそろだ)

視界から外れた沢内の動きを気配と音で読み取って、怜治は期待に鼓動を速くする。

やがて、腰を摑まれて更に高く上げさせられ、そこに確かなものが押し当てられる。

「挿れるぞ」

「……うっ……ふ……」

腰から滑り落ちてきた両手が、尻を摑んで両側に広げる。

ぐぐっとゆっくり押し入ってくる熱い塊、強引に押し広げられる身体が痛みを覚え、圧迫感に身体が軋む。

でも、それ以上に興奮していた。

(もう少し……もう少しだけ我慢すれば、アレがくる)

内側を擦り上げられ、奥を穿たれる喜び。

辛いのは最初だけ、この身体はそれをすでに知っているから、徐々にあの感覚を思い出して勝手に開いてくれるはずだった。

だから、いま止められたら困る。

「——っ……ん」

怜治はシーツに唇を押し当て、呻《うめ》き声を呑み込んだ。

「怜治、大丈夫か？」

そんな怜治の様子を気遣って、沢内が耳元で囁く。

「平気……です。早く……もっと奥に……」

「そうしたいのは山々なんだが、さすがに俺もキツイ」

やっぱり女とは違うなという呟きが聞こえてきて、怜治は思わず唇を噛んだ。

苦い気持ちを堪《こら》えていると、不意に沢内の手が前へと移動して、怜治のそれをきゅっと握った。

「……っ……なに？」

「なにじゃねぇよ。萎《な》えてるじゃないか。こんなことで無意味に意地を張るな」

すぐによくしてやるよと、萎えかかったそれを握り込んだ沢内の手が動き出す。

「はっ……や……あ……」

自分でするよりも少し強い力で擦り上げられ、その喜びにぞくぞくっと背筋が甘く震える。

同時に、沢内を呑み込んだそこが、うねるように収縮するのがわかった。

「つ……。なんだこれ。すげぇな」

前を弄《いじ》られる喜びに反応したそこが、中途半端に呑み込んだ沢内を包み込んで蠢《うごめ》く。もっと奥に欲しいと、勝手に開いていく。

「なあ、これ、中で感じてるのか？」

招き入れるように緩んだそこに最後まで熱い塊をねじり込み、沢内がうわずったような声で聞いてくる。

知らない、と吐息混じりに答えて強がると、前を擦り上げていた手が移動して、今度は袋のほうをやわやわと揉むようにして刺激しはじめる。

「あっ。それ、駄目」

ぞわっと痺《しび》れるような快感がそこから全身へと広がり、怜治は甘い喜びに腰砕けになってまた身震いする。

「中、うねってるぞ。やっぱり感じてるんじゃねぇか。……締めつけがハンパないぶん、ダイレクトに伝わるんだな」

こりゃいいやと、沢内が両手で怜治の前を弄り出す。

「やっ……ああっ……だめ、そんなにしたら……」

擦り上げられ、揉み込まれて、久しぶりの他人の手の感触に甘く痺れるような喜びが止まらない。

同時に沢内を呑み込んだそこも蠢き、きゅうきゅうと締めつける。

「や……もっと……」

呑み込んだだけでは物足りない。

怜治はたまらずに自ら腰を揺らした。

「ん？　もしかして前を弄るより、こっちのがいいのか？」

「……ふあ……」

ぐぐっと突き上げられ、怜治は甘い息を吐く。

「ああ、やっぱりそうみたいだな。動くぞ。いいか？」

「ん……早く……」

怜治が頷くと、沢内は動き出した。

最初はその締めつけを楽しむかのように、中をかき回し、ゆっくりと抽挿を繰り返す。

「あ……ああっ……いい……」

熱い塊に中を擦り上げられ、突き上げられる度に、怜治の口からは甘い喘《あえ》ぎ声が漏れる。

甘い痺れに上半身を支えていた肘が砕け、沢内に摑まれた腰だけを高く上げる格好で、何度も突き上げられる。

その度に、シーツに頬がすれ少し痛かったが、それすらも喜びを助長する要因になった。

（気持ちいい）

久しぶりの喜びを無我夢中で貪《むさぼ》っていると、チッと沢内の舌打ちが聞こえてきた。

「顔が見えないとつまらねぇ」

唐突に引き抜かれて、力強い腕に強引に身体をひっくり返され、足裏を抱え上げられて再び挿入される。

「んあっ」

ぐいっと強く押し上げられて、条件反射的に悲鳴が上がる。

でも、怖いとは思わなかった。

(この男は大丈夫だ)

スマートな動きではなく乱暴にも感じられるけど、それでも、怜治の身体に負担がかかるような真似はしていない。

腕や腰を摑む手の力も痛みを感じるほどではないし、無理な体位を取らせようともしていない。

最後のところで、ちゃんと優しい。

不思議とそんな確信がある。

だからこそ、安心して身体を委《ゆだ》ねることができるし、与えられる喜びに酔いしれることもできた。

何度も突き上げられ、その激しい動きにベッドが軋む。

強く揺さぶられて、くらくらと目が回る。

怜治は目を閉じ、顎《あご》を上げて喘いだ。

「あ……ああっ……も、も……いいっ」

たまらず叫ぶと、「怜治」と名を呼ばれる。

目を開けると、あまりの快感に勝手に溢れた涙で滲んでしまった視界の中、沢内がまっすぐにこちらを見つめていた。

「……あ」

感じまくっていた顔をずっと見られていたのかと思うとなんだか酷く恥ずかしい。

困惑した怜治が、痺れるような甘さに重くなった腕を上げて顔を隠そうとすると、沢内の手がそれを止めた。

「隠すなよ。せっかくこんなに綺麗なんだから」

食い入るように見つめてくる沢内の目には、明らかな情欲の色が浮かんでいる。

（……綺麗って）

ずっと、そんなふうに感じてくれていたのだろうか？

ただでさえ激しかった鼓動が更に速まり、耳鳴りがするほどに、ぼうっと顔に血が上る。

色白なほうだから、今の言葉に自分が照れて真っ赤になってしまったのは、沢内からは一目瞭然だろう。

見られているのがやっぱり恥ずかしい。

でも、自分を見つめる沢内の目の中にある情欲の色から目をそらすのは酷く勿体ないような気がした。

「キス……してください」

我知らず、そんなおねだりが口から零れていた。

腕を差し伸べて誘うと、沢内がゆっくりと上半身を寄せてくる。

「んっ……」

下りてきた身体にしがみつき、自ら唇を開き舌を出して迎え入れる。

迷わず深く押し当てられる唇、吸い取られて甘噛みされる舌。

角度を変えて今度はついばむように唇を吸われ、そしてまた舌を絡め合う。

耳に届くキスの濡れた音が、怜治を興奮させた。

沢内を呑み込んだままのそこがうずうずと蠢き、勝手に腰が揺れる。

それに刺激されたように、沢内はまた激しく動き出した。

「あ……ああっ……も、いく……」

いかせてとねだると、頷いた沢内が怜治の額に軽いキスを落とす。

「一緒にな」

「ん」

怜治は頷いて、逞しい肩にしがみつく。

「いくぞ」

熱い息が耳元にかかり、強く強く揺さぶられ、やがて一際激しく穿たれて、ぎゅうっと抱きすくめられた。

「ん……あぁっ！」

沢内がぶるっと身震いして、内側のそれが弾けるのを感じる。

と同時に、自ら沢内に足を絡めて引き寄せていた怜治もまた放っていた。

甘い喜びに頭が真っ白になって、目尻から涙が零れる。

荒い息を繰り返しながら、身体の内を満たす甘い余韻に浸っていると、

「最高」

耳元で沢内のうわずった声が聞こえた。

「……ん」

倒れ込んできた身体を抱き留め、その重みを心地よく受けとめて、怜治は頷く。

深く甘い充足感に、その唇には自然に笑みが浮かんでいた。

5

「ただいま戻りました」

挨拶回りから事務所に戻ると、お帰りなさい、お疲れさまと気さくな声があちこちからかかる。

（みんな、声の調子が元に戻ったな）

不正を告発した者の正体は隠されたまま、高木《たかぎ》親子の指示で不正に係わった者達の処分が、風間《かざま》社長によって十日前に断行されていた。

父親のほうは退職金を減額された上で引退することとなり、息子のほうは降格の上、誰にも迷惑をかけることのない閑職へと異動。その他、ふたりから手駒《てごま》扱いされていた社員達もその行いによって降格や数ヶ月の減給という処分を受けた。

被害を被《こうむ》った社員達にはその補塡《ほてん》がなされ、すでに退職した者に関しては、希望があれば復職を認めることになっている。

そして、事実が明らかになったことを知った風間建材の前社長は、退職金の全額返還を自ら申し出たらしいが、最終的には一部返納ということで収まった。

自分達の味方だと思っていた前社長の裏切りを知った風間建材の社員達は、みな随分とシヨックを受けていたようだ。

陰でこそこそと悪行に手を貸していたものの、皆の目に触れる前社長はおっとりとした優しい人で、高木部長に係《かか》わること以外では社員達に親身になって声をかけ、なにくれとなく便宜を図っていたことに変わりないから……。

(優しくて、気が弱い人だったんだろうな)

だからこそ、恩義を受けた人の無理難題に逆らえず、かといって苦しんでいる社員達を放ってもおけずに悩み抜き、心と身体《からだ》を壊すことにもなったのだろう。

もしかしたら、事実が明るみに出たことで、今ごろすっきりした気分になっているかもしれない。

(みんなの動揺も収まったし、これで一件落着かな)

なんとなくほっとした気分でデスクに座り、ノートパソコンを立ち上げていると、お隣の坂本《さかもと》が話しかけてきた。

「今日で社長の顔見せ巡業は終了？」

「はい！　やっと終わりました！」

当初の予定では二週間で終わるはずだったのが、一ヶ月ちょいかかってしまった。

それもこれも、沢内《さわうち》が工場に入り浸ってばかりいて、なかなか外回りに行こうとしなかったせいだ。

ちなみに今も、沢内は駐車場に車を停《と》めるなり、工場棟へとまっしぐら。

デスクワークも溜《た》まってるんですよと怒鳴る怜治《れいじ》の声は、完全にシカトされた。

「じゃあ、次は例の視察団の準備をしないとね。なにか参考になる書類が残ってないか調べてみましょうか？」

「それなら大丈夫です。本社の秘書課の先輩から電話で細かいことを伺ったんで」

「そう。それならよかった」

よろしくねと言われて、はいと怜治は勢いよく頷《うなず》く。

一般人や学校関係者等への企業説明を兼ねての工場見学に関しては、総務がスケジュールをとりまとめた上で、それぞれの生産部署の担当者へと案内を依頼することになっている。

だが、海外から来る賓客に関してはその範疇《はんちゅう》ではなく、今まではすべて高木部長とその手下の部下達が抱え込んでしまっていて、接待で使われた常識外れの経費の金額だけはわかるものの、どんな段取りで賓客を出迎えていたのかまでは総務のほうで把握しきれていなかったのだ。

それを坂本に聞いた怜治は、それなら俺が担当しますと真っ先に手を上げた。

社長を追い回すことと、総務の手伝い以外の仕事をほとんどしていなかったせいで仕事に飢えていたのだ。

だが、入社して一年目だけに肝心の段取りはさっぱりだ。

あちこちで社員達に聞き込みをしたところ、高木部長は、まず賓客を自分が占拠していた社長室に招き入れて長時間なにやら話をした後で、工場棟をちょこっとだけ案内してから、有名な高級懐石の店に行き派手な接待を繰り返していたらしい。

工場で生産している建築資材に関する説明をしているのかどうかすら怪しいものだったと、皆は口を揃《そろ》えて言う。

困惑した怜治は、仕事に関しては超頼れる先輩である聡巳《さとみ》に電話をかけて、あれこれ質問してみた。聡巳にもわからないことは、その担当部署に話を通してくれたお蔭《かげ》で、折り返しこちらに連絡してもらえた。

来客はフランスに母体がある会社の重役で、英語での会話も大丈夫らしいが、工場関係の専門用語が特に堪能《たんのう》なフランス語ができる社員をひとり、工場側の社員の話を伝える通訳として派遣してもらえる段取りがついている。

（後はアレルギーの有無と食べ物の好き嫌いを確認しないと……）

その上で接待する店も決めなきゃならない。

トントン拍子で準備が進んでいくのが楽しい。

それもこれも聡巳のお蔭だなと、怜治は心の中で感謝した。

（橘《たちばな》さん、全然変わってなかった）

電話で話す声は以前と変わらない。

仁志《ひとし》とのことを、聡巳自身はまるで無自覚なままにちょっと惚気《のろけ》られて、相変わらずだなと苦笑した。

そっちはうまくいっているかと聞かれて、ちょっと言葉に詰まった。

(うまくやれてる……か?)

仕事上では、だらしない上に脱走癖のある沢内を、どこに行ったと追いかけ回してばかりだが、業務に大幅な支障が出るようなことは起きていないし社員達の評判もいい。

私生活のほうも、たぶんうまくやれているような気がする。

最初のだらしない印象とは裏腹に沢内は案外マメだから、同居人としてはかなり優秀だ。

そして、夜の関係のほうも、かなりうまくいっている。

(っていうか、なんでか向こうがノリノリなんだよな)

「おまえ、俺と関係を続ける気あるか?」

はじめて関係を持った翌日の帰宅時、車の中で唐突に聞かれた。

「……身体の相性もよかったみたいだし、今は特定の相手もいないから、相手してあげないこともないですよ?」

内心の動揺を抑えた怜治が、冷静さを保って恩着せがましく告げると、じゃあ決まりだなと車の進行方向を変えて、強引に家具屋へと連行され、そこで新しいキングサイズのベッドと寝具一式を選ばされた。

買ってくれるのかと聞くと、もちろんと答える。

「家《うち》に来てから散財しすぎなんじゃないですか？」

「そうか？　家電からなにから一切合切《がっさい》を一から揃えるより安上がりだと思うがな」

「まあ、確かにそうかもしれませんけど……」

ついでだからと、ソファの前に置いてあった昔から使っている小さなテーブルを、ダイニングテーブルと同じシリーズの小テーブルに沢内が交換してくれることになった。

黙ってても家具が揃っていくのはありがたい話だが、いずれこの同居を解消するときにどうするのかってことが、ちょっと気にかかる。

（全部引き上げられたら、それはそれで困るんだけど）

新しいものと引き換えに古いテレビやテーブル、そしてベッドも処分してしまった。

沢内が出て行くときに自分が買ったものを全部持っていかれたら、怜治はまた新しいものを購入しなきゃならなくなる。

そこのところはどう考えているのかと沢内に聞いてみたいような気もするのだが、たとえそれが仮定の話であったとしても、この同居の解消について言及することに抵抗を感じて聞けないままだ。

沢内とのこの暮らしが終わることを、あまり考えたくないと思っている自分が心の中に確かにいる。

(なんだか、麻薬みたいだな)

すぐにやめられると高をくくって手を出したら、いつの間にかやめられなくなってしまう。

沢内との同居も似たようなものだ。

すっかりふたりでいることに慣れてしまって、今では沢内の姿がないと、どこにいるんだろうとつい視線を動かし、耳をすませて行方《ゆくえ》を捜す癖がついてしまった。

ひとり暮らしには慣れていたはずなのに、この同居を解消した後、またひとりになることを酷《ひど》く厭《いと》う自分がいる。

(夜のほうは、向こうのがはまってるみたいだけど)

沢内はゲイではないから、目新しい玩具《おもちゃ》に夢中になっているだけかもしれないが……。

怜治がゲイであることを知っている聡巳に、沢内と同居しているとは言えないから、沢内にも聡巳には内緒にしてくれるようにと口止めずみだ。

だから、うまくやれているかという趣旨の聡巳の質問は、あくまでも仕事のみにかかるものので私生活に関してのものじゃない。

それがわかっていてもついつい狼狽《うろた》えて焦ってしまって、その後の会話が少しばかりぎこちなくなってしまったような気がする。

(……だらしないとか適当とか、沢内さんを下げてばっかだったかも)

仕事上ではだらしないのも適当なのも事実で、挨拶回りさえちゃんとできずにいたぐらいだが、それ以上に社員達から慕われているってこともちゃんと話すべきだった。

沢内に悪いことをしたかもしれないと、怜治は素直に反省した。


明け方にはけっこう冷え込む季節になり、ふと肩口の寒さに目覚めた早朝。

布団を引き上げつつ寝返りを打った怜治は、当然のように隣に寝ている沢内の寝顔を眺めた。

（昔もよくこうしてたっけ……）

かつて仁志との愛人契約を結んでいた頃、こうして隣で眠る仁志の顔をずっと眺めていた。

『寝顔だけじゃなく、寝起きの顔も見てみたいんだ。俺が起きるまで、おまえも寝てろ』

寝汚《いぎたな》くて十時間以上平気で寝ていられる仁志にそんなことを言われて、随分と困らされた。

いつも先に目が覚めてしまい、なかなか起きてくれない仁志をこうしてじっと待っていては、目覚める気配と同時に寝たふりをした。

（まあ、お金貰《もら》ってるんだから、サービスしなきゃだよな）

そんなふうに思って我慢して、でも本当は少しだけ期待もしていた。

仁志はいつも優しくしてくれたし、自分の前ではいつも機嫌よく笑っていた。

寝顔を見たいとか、子供の頃の写真を見たいとか、そんな我《わ》が儘《まま》を言われる度《たび》、胸の中に甘い感情がふわふわと湧いてくる。

もしかしたら、遊びじゃなく、本気になりつつあるのかもと……。

そんな希望が怜治を更に優しく、献身的にもして、それに併せて仁志は更に怜治に気を許し甘えるようにもなった。

だけど、そんな甘さも、ある日あっさり消え去った。

ことがすんだ後のベッドの上で、怜治は甘い心持ちのまま仁志に寝物語をねだった。

かつて自分のしょっぱい初恋話を白状させられた腹いせに、仁志の初恋を話してくれと……。

（……聞かなきゃよかったんだ）

仁志が話してくれた子供時代の初恋の想い出は、とてもピュアで優しいものだった。

記憶の中で何度も何度も大切に反芻《はんすう》してきたのだろう。

彼の語る、初恋の君との出会いのシーンは、まるで宗教画のような美しささえ纏《まと》っている。

そして気づいてしまった。

仁志が、その初恋の君の面影《おもかげ》をいまだに追い続けていることに……。

——あの子はどんなふうに成長しただろうか？

仁志のそんな想像に、怜治の姿形が重なっただけなのだと。

だからこそ、愛人契約を結ぶ際に、怜治の背がこれ以上伸びたり男臭くなってきたら契約を終了すると言われていたのだ。

初恋の君の面影を失ってしまったら、もう興味は持てないと……。

(俺は最初から身代わりだったのか)

酷くショックで、そして悔しかった。

だから、そろそろ将来のことを真面目《まじめ》に考えなきゃならない時期だからと言って、自分から愛人契約の解除を求めたのだ。

身代わりとしてだけではなく、自分のことを少しでも好いていてくれたのなら、ちょっとは引き止めようとしてくれるのではないかと期待して……。

だが、結果は惨敗。

仁志は拍子抜けするほどあっさりと怜治を手放した。

あっけない別れに、最初のうちはただ呆然《ぼうぜん》としていた。

だが時間が経《た》つにつれ、じわじわと悔しさが胸に湧いてきて、怜治の負けず嫌いの性格に火をつけた。

(都合のいい幻想なんかぶちこわしてやる)

仁志は、決して初恋の君を捜し出そうとしない。

自分と同年代である初恋の君が、成長して普通のおっさんになっていたり、すでに家庭を持つ身になっていることを無意識のうちに恐れているのだ。

だからこそ、初恋の君の面影を宿した少年を愛《め》でることで満足していたのだろう。

怜治は、そんな仁志が許せなかった。

彼が愛でているのは、人形ではなく人間なのだ。

優しくされて甘えられれば、期待もするし、甘い気持ちにもなる。

そんなふうに無駄に心を揺らしてしまった後で、あっさり捨てられれば傷つきもする。

自分と同じ惨《みじ》めさを感じる人間が増えることが、怜治はどうしても我慢ならなかった。

そんな怒りに駆られるまま、風間興産に入社してからは、仁志をチクチクと苛《いじ》めてやった。

幻想ばかりを追い求めて、現実を知る勇気を持たない臆病者と……。

そうやって煽《あお》ることで、現実を直視した仁志が幻想から解放されればいいと思っていた。

解放された後、ずっと側《そば》にいた自分にもう一度目を向けてくれたらいいと、ほんの少し期待すらしていた。

でも駄目だった。

怜治に煽られるまま現実を直視すべく行動を起こした仁志は、最終的に一番身近にいる存在である聡巳を唯一無二の相手として選んだ。

その結果、怜治は本社から追い出されることになったわけだ。

（……別にいいけどさ）

選ばれないことには慣れている。

手にした絆《きずな》が、あっさりと断たれてしまうことにも……。

（沢内さんも、飽きたら去っていくんだろうな）

男にしては小綺麗《こぎれい》な顔と女性なみの小柄な身体のお蔭で、嫌悪感なく抱けることで調子に乗っているみたいだが、本来ゲイではないのだから、そう長くは続かないはずだ。

沢内のことをいいと言っている女性社員がけっこういるらしいし、そのうちそんな子から積極的にアタックされたら、案外あっさり落ちてしまうかもしれない。

（そしたら、またひとりか……）

会話を交わしながら夕食をとったり、こんなふうに温《ぬく》もりを感じながら眠ったりすることもできなくなる。

「……もう、ひとりは嫌だな」

不意に素直な気持ちが口から零《こぼ》れ出て、怜治は慌てて手の平で口を押さえた。

（いやいや、そうじゃないだろ。むしろ清々《せいせい》するから）

生来の負けず嫌いを発揮して自分自身に強がってみたが、息苦しくなるほどに胸が苦しい。

――消えない絆が欲しい。

それは、どんなに願っても、かなわなかった願い。

願うことすら辛《つら》すぎて、胸の奥に押し込め、忘れたふりをすることしかできなかった切実な夢。

（今だって、本当はひとりなのに）

一緒にいるとはいえ、所詮《しょせん》は上《うわ》っ面《つら》だけ。

自分達は、家族でもないし、恋人でもないのだから……。

（これ以上、のめり込まないようにしよう）

たまたま身体の相性がいいから、性欲解消のために利用しているだけだ。

かつて、金銭的な理由で仁志を利用していたように……。

（ひとりなんだってこと、忘れたらだめだ）

家族を失ったあの日から、ずっと自分はひとりだ。

淡い絆はいくつか得たが、本当に望む絆はまだ手に入れていない。

だから、現状に期待はしないし、夢も見ない。

希望は、今はまだ見えない遠い未来にあるはずだ。

望む未来を見据えて、自分を磨く努力をし続けていけば、いつか夢見た未来へと辿《たど》り着く。

そんなふうに、夢を未来に先送りすることで、怜治はいつも自分の心を慰める。

いつか消えない絆を得る日を迎えるはずと、遠い未来を夢見ることで、今を生きる気力を奮い立たせる。

（これでいいんだ）

ここには夢はない。

あるのは寂しさを埋めてくれる刹那《せつな》の温もりだけ。

いつなくなっても不思議じゃない、淡くて脆《もろ》い絆だけなのだから……。

(俺はひとりだ)

怜治は自分にそう言いきかせて、温かなベッドからそっと抜け出した。

★

海外からの賓客の工場見学当日。

怜治は朝から緊張しまくっていた。

目覚めるとすぐに、隣でぐーすか眠っている沢内を叩《たた》き起こして強制的に身支度《みじたく》させた。

髭《ひげ》は剃《そ》り残しがないよう何度もチェックしては剃り直させて、髪も今日ばかりは整髪料を使ってきちんとセットさせた。

スーツや靴も、前日のうちに沢内が持っている中で一番上等なのを準備ずみだ。

「言われた通りに着替えたぞ」

どうだ？　と得意そうに聞く沢内から、怜治は思わずふいっと視線をそらす。

(なんでヨレッとして見えるんだ？)

自分の準備は完璧だった。

落ち度はまったくないはずなのに、この完成度の低さはなんたることか。

だらしのない内面が滲《にじ》み出てるんだろうか？

「ネクタイぐらい、ちゃんと締めてくださいよ」

「はいはい。口うるさいかーちゃんみたいだな」

ワイシャツの襟元《えりもと》のボタンを留めてから、緩めたままのネクタイをきゅっと整えてやろうとすると、苦笑した沢内から軽く唇にキスをされた。

「……普通、母親相手にそういうことはしないと思いますけど？」

「だったらこっちか」

再び顔を近づけてきた沢内が、今度は頬《ほお》に音を立ててキスをしていく。

（ったく、もう）

気安くこういうことはしないで欲しい。

これではまるで恋人同士か、新婚カップルみたいではないか。

「家から出たらこういうことしないでくださいね」

やったらぶっ飛ばしますよ、と半ば本気で睨《にら》むと、はいはいと沢内は楽しげに笑った。

怜治が緊張しているのには、もうひとつ理由があった。

今日の視察団は、仁志が開拓した企業の人達なので彼も工場見学に同行してくるのだ。

怜治とは会わせたくないのか、仁志の専属秘書である聡巳は本社で留守番だ。

(一緒にいるところを見られただけで、仁志さんに俺と沢内さんの関係がばれるってことはないだろうけど……)

ばれたら絶対にからかわれるし、仁志の口から聡巳にも情報が伝わってしまうだろう。

面倒なことになるのはごめんだから、用心するに越したことはない。

(何事もなく無事に終了しますように……)

本社からの助っ人通訳も準備万端だし、工場側の見学担当者達の準備も完全だ。

社長である沢内のヨレヨレ感だけはもうどうしようもないけれど……。

その点に関してのみ、怜治は少し気落ちしていたのだが、いざ視察団が到着すると状況はガラッと変わった。

いきなり沢内が、きりっとした顔になり、堂々とした態度で前に出ると自ら進んで賓客を出迎えたのだ。

海外生活が長かったこともあり、当然英語はネイティブ並の発音でペラペラ。

いつものだらしなくヨレッとした立ち姿とは打って変わり、堂々と胸を張ってまっすぐに立ち、明るい口調でハキハキ話す姿は、普段とはまるで別人のようで不思議と格好よかった。

派手なジェスチャーつきで賓客に気さくに話しかけ、あっさりと気に入られてしまう。

(……誰だこれ?)

「起きたら、車に飛び乗って追いかけてきそうだな」

「そう思う？」

「はい。仁志さんのことだから、橘さんが自分のいないところで俺や沢内さんに会うのを嫌がりそうですし……」

「心の狭い奴だ」

ふたりの会話を黙って聞いていた沢内が、唐突にぼそっと呟いた。

「聡巳、そんな奴でいいのか？」

そう聞かれて、聡巳が露骨にギョッとする。

「えっと……それって、どういう意味ですか？」

とぼけて聞き返してはいたが、間違いなく聡巳は沢内の質問の真意に気づいているようだ。

それと同時に、怜治もまた気づいていた。

（そうだった！　俺、仁志さんと橘さんのこと、貴史さんにばらしちゃってたんだ！）

自分のことだけでいっぱいいっぱいで、かつて暗い気持ちに突き動かされるまま、言ってはいけないことを口走ってしまっていたことを忘れていた。

というか、沢内に話してしまったことを、聡巳に告げずにいたことを失念していたのだ。

聡巳は、自分達の関係を沢内には知られたくないと思っていたのに……。

（どうしよう。……ってか、なんで貴史さん、わざわざふたりの仲を突っ込むようなこと言ったんだろう？）

以前、ふたりのことには口出ししないと言っていたのに……。

怜治と聡巳の会話に突っ込むにしたって、拗ねるだの嫌がるだの、おまえらいったいどういう関係なんだ？　と、改めて聡巳に聞き直してくれていればよかったのだ。

（ああ、でも、聞いても聡巳さんははっきり答えずに、とぼけようとするか……）

不器用な人だから、ろくなとぼけかたができるわけもなく、この場が微妙な雰囲気になっていたはず。そうなってしまっては、この土壇場でためらっている怜治も、沢内とのことを口に出すことができなくなっていたかもしれない。

（なんてことを色々考えてるうちに、貴史さん、例の如く面倒になっちゃったのかも）

荒療治よろしく、全部この場で一気にぶちまけてしまえと……。

それならそうと先に言ってくれればいいのにと思いかけ、それじゃ駄目なことにも気づく。先に言われていたら、きっと自分はこの場から逃げていただろう。

怜治は負けず嫌いだから、普段だったら敵前逃亡なんてしないのだが、側に沢内がいる場合はちょっと事情が変わってくる。

（俺、貴史さんに甘えちゃってるし……）

助けてくれるはずだと甘えて、彼に問題を丸投げしてしまったかもしれない。

とはいえ、そんな卑怯な真似をしては、聡巳の信頼を裏切ってしまったという罪の意識が、この胸の中にいつまでも消えずに重く残ることになっていただろう。

（ああ、そうか……）

沢内は、そこらへんの心情もすべてわかった上で、怜治のために故意にこの逃げられない状況を仕組んだのかもしれない。

（惚れた欲目の買いかぶりかもしれないけど……。――どうしよう）

ニヤニヤしてなにも答えようとしない沢内に困惑して、おろおろしている聡巳をちらっと見て怜治は悩む。

悩んだところで、もはや答えは出ているのだけれど……。

（貴史さんにならって、全部ぶちまけるしかない）

一番のネックだった仁志がこの場にいないことが救いだ。

とりあえず、隠し事を勝手にバラしてしまったことを聡巳に誠心誠意謝ってから、自分と沢内が一緒に暮らしていることも打ち明ける。

（聡巳さんなら、きっと許してくれるんじゃないかな）

というか、隠し事をバラされたことも忘れて、むしろ怜治が幸せを摑めたことを、よかったねと大喜びしてくれそうな気がする。

なにしろ聡巳は、怜治自身でさえ頑《かたく》なに認めようとはしなかった、怜治の虚《むな》しいだけの片思いに心を痛めてくれていた、ただひとりの人なのだから……。

(きっと、これも甘えなんだ)

聡巳ならば許してくれるはずだと思うこの気持ち、これもまた一種の甘えだ。

自分には、無意識に甘えることができる人が沢内以外にもまだいるようだ。

それならばなおのこと、この絆《きずな》を大切にしなければならないと思う。

この絆を自分に繋ぎ止めておく為に、いま心を尽くすべきだ。

沢内がお膳立てしてくれた、この流れに素直に乗って……。

(……こんな風に考えるの、はじめてだ)

思い返してみると、怜治は自分から積極的に人との絆を結ぼうとしたことがなかった。

目の前で細くなり、断ち切られていく絆を、いつものことと最初から諦めてばかりいた。

今のこの絆が切れても、自分はいつかまたもっと素晴らしい絆を手に入れることができるはずだと、いつも未来に逃避して……。

でも、もうそんなことはしない。

(だって、いま一緒にいたいんだ)

もっと沢山たわいのない会話を交わして、もっと楽しい時間を一緒に過ごしたい。

その為に、いまここで頑張らないといけない。

「あの、橘さん……」

怜治は、緊張しながら意を決して聡巳に声をかけた。

あとがき

こんにちは。もしくは、はじめまして。黒崎あつしでございます。

さてさて今回のお話は、『悩める秘書の夜のお仕事』から続く、スピンオフ三作目です。

一作目でちょっと可哀想な感じだった、色々問題ありの脇役を主人公に据えて、なんとか幸せになってもらおうと頑張ってみました。

かなり苦労させられましたが、最初の一歩は踏み出せたのではと思っています。


イラストを引き受けてくださったテクノサマタ先生に心からの感謝を。表情豊かで、素敵なイラストを本当にありがとうございました。

担当さん、いつも背中を押してくれて本当にありがとう。

この本を手に取ってくださった皆さまにも心からの感謝を。

少しでも楽しいひとときを過ごされますように。

またお目にかかれる日がくることを祈りつつ……。

二〇一三年九月

黒崎あつし

✦初出　夢みる秘書の恋する条件……………書き下ろし
戸惑う週末……………………………書き下ろし

黒崎あつし先生、テクノサマタ先生へのお便り、本作品に関するご意見、ご感想などは
〒151-0051 東京都渋谷区千駄ヶ谷 4-9-7
幻冬舎コミックス　ルチル文庫「夢みる秘書の恋する条件」係まで。

幻冬舎ルチル文庫

夢みる秘書の恋する条件

2013年9月20日　　第1刷発行

✦著者	黒崎あつし　くろさき あつし
✦発行人	伊藤嘉彦
✦発行元	株式会社 幻冬舎コミックス 〒151-0051 東京都渋谷区千駄ヶ谷 4-9-7 電話 03(5411)6431［編集］
✦発売元	株式会社 幻冬舎 〒151-0051 東京都渋谷区千駄ヶ谷 4-9-7 電話 03(5411)6222［営業］ 振替 00120-8-767643
✦印刷・製本所	中央精版印刷株式会社

✦検印廃止

ISBN978-4-344-82932-9　C0193　Printed in Japan

普段とのあまりの別人ぶりに、怜治は呆然として目が点に。

そんな怜治に仁志がすすすっと近寄ってきて、「あいつ、案外やり手なんだな」とこそっと耳打ちしてくる。

「みたいですね。俺もびっくりです」

「みたいですねって……。おまえ、あいつの秘書なんだろ？」

「だってあの人、普段はやたらヨレッとしてて、仕事さぼってばっかりいるんですよ」

「ヨレッと？　俺が前に会ったときは、やたら強面《こわもて》で、どこのちんぴらかと思ったけどな」

明るくフレンドリーな対応ができる人間だとは思わなかったと、仁志も意外そうだ。

「ちんぴらっていうか、普段は仕事さぼって競馬場に入り浸ってるダメダメサラリーマンって雰囲気なんですけどね」

「そんなにぬるい感じなのか？　意外だ」

他の人達に聞こえないよう、ふたりは顔を近づけ、こそこそ話す。

そんなふたりを視界に収めた沢内が、軽く眉をひそめたことにも気づかずに……。

視察団は工場棟へ見学に向かい、通訳を通して具体的な工程の説明を受けている。

一団の一番後ろからついていった怜治が、順調に進んでいることにほっとしていると、いきなり仁志に腕を摑《つか》まれて立ち止まらされた。

「ちょっと時間をくれ」

「え、でも……」

「俺達がいなくても大丈夫だ。この調子なら三十分ぐらい外しても平気だろ」

どこか人に聞かれずに話せる場所はないかと聞かれたので、仕方なく工場内にある面談室へと仁志を連れて行った。

「なんのご用ですか？」

先日、聡巳に直接電話をかけたことで苦情でも言われるのかと身構えていたのだが、仁志の話はそれとはまったく違っていた。

「おまえのほうに、弟から連絡が入ってないか？」

「仁志さん、弟いましたっけ？」

「ばか。おまえの弟だよ」

「誠吾《せいご》のことですか？　ありませんよ。——最後に会ったのは大学二年生の冬で、それ以来、一度も連絡はありません」

それまでは頻繁にアパートに遊びに来ていたのに、誠吾はあるときを境にピタッと怜治の元には来なくなった。なにか新しい遊びにはまったか、彼女でもできたのかもしれないなと寂しく思った記憶がある。

それがどうかしたのかと聞くと、「俺のほうには連絡があった」と仁志が言う。

「え？　仁志さん、誠吾と面識ありましたっけ？」

「実はあるんだ」

仁志は酷く気まずそうに言った。

「おまえと、まあその手の関係になってから半年ぐらい経った頃かな。直接、あいつが俺の元を訪ねてきたのは」

「なにをしに？」

「俺を恐喝《きょうかつ》するためだ」

「――え？」

思いもかけない言葉に、怜治はぽかんと口をあけた。

「…………恐喝？　誠吾が？」

「そうだ。偶然、俺達が一緒に食事してるのを見かけて、こそこそ後をつけ回していたらしい。援助交際してるってことを吹聴《ふいちょう》されたくなかったら、こっちにもちょっと都合しろと言ってきた」

「誠吾には言ってなかったのに……」

「言わなくたって、おまえの懐《ふところ》具合からなんとなく察してたんだろ。ガキのくせに、小賢《こざか》しいことだ」

当時、誠吾はまだ高校生、あまりにも稚拙《ちせつ》な脅迫に仁志は笑いを禁じ得なかったと言う。

「お金は払わなかったんですよね？」

「いや、払った。――もちろん恐喝に屈したわけじゃない。おまえみたいなガキひとり、こっちはいくらでも処理できるんだぞって散々脅してやってから、兄であるおまえには今後一切近寄らないっていう条件で、手切れ金のつもりで少々まとまった金を渡してやった」

「俺に？　なんでそんな……」

勝手なことをしたのか、とは聞けなかった。

その答えを、たぶん怜治は知っているから……。

「自分は両親が揃っているくせに、ひとりで苦学生をやってる兄から金をむしり取るようなクズ、側にいたところで害にしかならないだろう」

（……クズ……か）

一緒に手を繋《つな》いで砂浜を歩いていた頃、弟は無邪気で素直な子供だった。

義母《はは》と共に怜治の側から消えた後、いったいなにがあったものか。

高校生になった怜治が弟と再会したとき、彼はもう変わっていた。

我が儘で怠惰《たいだ》、狡《ずる》くて姑息《こそく》な少年に……。

（やっぱり、あの人の影響なんだろうか）

怜治が施設に置いていかれたとき、弟の手を引いて去っていった義母の姿を思い出す。

たまに弟を連れて遊びに来ると言ったけど、彼女が施設に訪ねてきてくれることは一度もなかった。

父の死後から半年後、彼女が再婚したと人伝《ひとづて》に聞いた。

直接接触があったのは、怜治が高校二年になったとき。

弟が学校で友達に怪我《けが》をさせたとかで、警察沙汰《ざた》にしないためにどうしてもまとまった示談金が必要だと言われた。

再婚相手は実子ではない弟のために金を出してはくれない。かならず返すから助けてくれと……。

悩んだ末に怜治は、大学進学のために細々とためていたバイト代を義母に渡した。

その後も似たようなことが二度あって、三度目のとき金はもうないと言ったら、それならもういいと彼女は訪ねてこなくなった。

もちろん、金は戻ってこないまま。

まだ高校生だった怜治には、借用書を作るなんて知恵はなかったから、泣き寝入りすることしかできなかった。

初恋の相手である親友と気まずくなったのは、この件が原因だった。

はじめて金を無心されたときにその話をしたら、貸すべきではないと彼に言われたのだ。

学費は奨学金で免除されているとはいえ、住み込みのバイトをして苦学している未成年者に、まともな大人が金を貸してくれとは言わないはずだと……。

怜治はそれに反発した。

まだそのときは義母の言葉を信じていたのだ。

弟の人生に汚点を残さないために必要なことなのだと、いずれ金は返ってくるから心配しなくても大丈夫なのだと頑固に言い張った。

感情が昂《たか》ぶって、おまえは冷たい奴だと罵《ののし》った記憶もある。

その結果、親友は怜治から離れていった。

自分の判断が間違っていると気づいたときはもう手遅れだった。

義母が訪ねてこなくなってから数ヶ月が経った頃、今度は弟が訪ねてきた。

『兄ちゃんのお蔭で助かったよ』

そう言われて嬉《うれ》しくて、ちょっとだけ心が揺れた。

もしかしたら、義母の話の最初の一回だけは真実だったのかもしれない。

夫を亡くし、子連れでの再婚で苦労したせいで、彼女は少し疲れていて、それで魔が差したのかもしれないと……。

今度一緒に遊びに行こうよと弟に言われ、呼び出されるまま出掛けた先で、流行《はや》りの服をねだられた。

『みんなこういうの着てるんだ。でも俺、親父《おやじ》が金を出してくれなくてさ……。やっぱり、血が繋がってないせいかな』

お金がなくてみんなと同じことができない切なさは怜治だって身をもって知っている。少しだけ自分が無理をすれば、弟はそんな切なさを感じずにすむのだと思ったら、我慢できずに服を買ってしまっていた。

そんなことが何度も続き、大学生になってバイト料が増えてくると、ちょっとだけ金を貸してくれないかと言われるようになった。

だが、貸した金が返ってきたことは一度もない。

弟可愛さに目が曇っていた怜治も、さすがに自分は弟からカモにされているのだということを認めざるを得なくなった。

それでもお金を渡してしまったのは、ただひとりの血縁である弟との絆が絶えてしまうのが怖かったから……。

元々かつかつで生活していたのに、頻繁に金をむしりにくる弟がいては当然生活が成り立たなくなる。

怜治は学費にも困窮するようになり、仁志と愛人契約を結ぶことにもなったのだ。

そして仁志は、怜治が困窮することになった原因を知っていた。

「……弟は、今度はなにを言いました？」

「会社に直接電話をかけてきて、また金を要求された。どうやら、バックに誰かけしかけてる奴がいるみたいで、かなり強気だったな。世間体もあるから、ゲイだってことをバラされたくないだろうってさ。——以前は大目に見てやったが、今回はそうも言ってられない」

今の俺には聡巳がいるからな、と仁志が真剣な口調で言う。

間違ったやり方で解決して、また未来に禍根《かこん》を残すようなことはしたくないのだろう。

「一度脅迫に屈したら、ずるずるとたかられるのは目に見えている。だから、おまえの弟にははっきりと断った。こちらは警察沙汰にしても構わないと言って」

「警察沙汰になったら、さすがにまずいんじゃないですか？」

「過去の悪行まで表沙汰になったら、体面《たいめん》上、会社から身を引かざるを得ないだろうな。別にいいさ。聡巳さえいれば、俺はなんでもできるからな」

（橘さんも一緒に辞めて自分についてくるって信じてるのか）

仁志は生前分与でけっこうな資産を祖父母から受け継いでいるはずだし、公私にわたるパートナーが側にいてフォローしてくれるのならば、確かに怖いものはない。いくらでも新しい仕事をはじめることができるだろう。

「その後、おまえの弟から連絡はない。もしもまた脅してくるようだったら、こちらもそれなりの対応を取る。覚悟だけはしといてくれ」

（——覚悟？）

弟が犯罪者になる覚悟だろうか？

それとも、芋《いも》づる式に自分もゲイなのだということを世間に知られてしまう覚悟だろうか。どちらにせよ、怜治にはそれを止める資格はない。

ずるずると弟のおねだりに応じることで、彼が悪いほうへと変化する一因を担ってしまったのは確かだから……。

「それから、俺を脅すのを諦《あきら》めて、おまえのほうに行く可能性もある。そのときも俺に連絡してくれ」

「俺を……助けてくれるんですか？」

「ああ。元はと言えば俺がおまえに愛人契約を持ちかけたことからはじまった話だ。責任はとる」

毅然《きぜん》とした物言いに、微《かす》かに鼓動が高鳴る。

「聡巳に叱《しか》られたくないからな」

だが、仁志のそんな呟《つぶや》きを聞いて、怜治の心はすうっと冷えた。

(橘さんに対して、恥ずかしくない対応をしようとしてるのか)

長い人生を共に生きる大切なパートナーにとって、ふさわしい自分であるために……。

——羨《うらや》ましい。

そんな感情が胸の奥から湧いてくる。

これ以上惨めになりたくなかった怜治は、それを必死で抑えつけた。

6

急に弟が訪ねてこなくなったことを、変だとは思っていた。

最初のうちは、体調を崩したんじゃないか、なにかトラブルに巻き込まれたんじゃないかと心配もしたが、一ヶ月もすぎる頃にはむしろほっとしている自分がいた。

弟と会わない日が続いて平穏な生活を送るようになって、弟の存在がどれほどのストレスになっていたのかを気づかされた。

このまま訪ねてこなければいいと思っている自分にも……。

それでも怜治は、弟を心底嫌いにはなれなかった。

たったひとりの血縁との繋がりを、自ら絶つようなことはどうしてもできなかった。

だから、弟から金を無心されていたことはあえて考えないようにしたのだ。

無意識のうちにその事実に蓋《ふた》をして、いつの間にか弟が訪ねてきてくれないことを寂しいと感じるようにさえなっていた。

たまに会いにきてくれてもいいのにと……。

（……仁志さんに忠告される前に誠吾が訪ねてきていたら、きっと金を渡してしまっていただろうな）

金を渡したところで、本当の意味で弟との距離感が縮まるわけもなく、寂しさが解消されるわけでもない。

それがわかっていても、か細い絆でもないよりはマシだと自分に言いきかせてしまっていたような気がする。

家族四人で暮らしていた日々を心の支えにしていた怜治にとって、唯一の血縁である弟の存在は本当に特別だったから……。

(でも、もうさすがに無理だ)

自分の身内の問題に、仁志まで巻き込んでしまった。

これ以上の迷惑はかけられない。

あの後、怜治は、弟に払ったお金は自分が返すからと仁志に申し出たのだが、馬鹿を言うなと拒否された。

あの金は、俺が自分自身の楽しい時間を守るために払ったものだからと……。

(……俺のためじゃないんだ)

だからこその、その場しのぎの対応。

愛人と過ごす楽しい時間に余計な影が差し込まないよう、近寄ってくる黒雲を金の力で追い払った。

根本的な解決には至らないが、たぶんそれが当時は一番楽で確実な方法だったのだろう。

でももう仁志がその方法を取ることは決してない。

生真面目《きまじめ》で誠実な恋人を、がっかりさせるようなことはしたくないだろうから……。

またしても羨ましいという気持ちが湧いてきて、怜治はそれを必死で抑え込む。

仕事中はなんとか平静を保っていられたのだが、家に帰ってからはもう駄目だった。

口を開くと意味もなく悪態をついてしまいそうだから、ずっと無言のまま。

ざわざわと押し合いへし合いする感情の揺らぎが顔に出て、眉間《みけん》には皺《しわ》が寄るし、口角が思いっきり下がって唇はへの字だ。

この変化に沢内が気づかないわけがなかった。


「機嫌が悪そうだな」

家に帰るなり、スーツ姿のままでソファに座り込んだ怜治を見て言った。


「一日中緊張して疲れただけです」

怜治はネクタイを緩めながら答える。

賓客達の宿舎が東京都内にある都合上、接待は早い時間に終了した。

怜治はともかく、沢内のほうは接待の席上で食事をすませているから、今日は夕食の世話をすることもない。

「お風呂に入ったらもう寝ます。さすがに今日はひとりがいいんで、沢内さんも自分の部屋で寝てくださいね」

深い溜《た》め息《いき》をついて立ち上がろうとしたところを、沢内から強引に肩を押さえつけられてもう一度座らされる。

「なんなんですか？」

「コーヒーを淹《い》れてやるから、風呂に入る前に飲んでいけ」

「……いりません」

「いいから飲め。おまえ、今日の昼からなにも口に入れてないだろう？　水分ぐらいはとっておけ」

（そういえば、そうだったっけ……）

午後一で視察団が来て、仁志の話を聞いてからは食欲なんて感じなくなっていた。

接待では、秘書や運転手などのために、主賓とは別室にお膳《ぜん》を用意していたのだが、怜治は主賓達の様子を窺《うかが》って料理の配膳のタイミングを計ったりしていたせいもあって、自分のお膳の前に座る暇もなかった。

（俺のこと、気にしてたんだ）

心配してくれてるのかなと思ったら、もう無理に立ち上がる力が湧いてこなかった。

脱力したまま黙ってソファに身体を預けていると、沢内がコーヒーカップを両手に持ってやって来た。

「ほら」

「ありがとうございます」

渡されたカップの中身はコーヒーよりミルクのほうが確実に多いカフェオレで、一口飲んだらものっ凄《すご》く甘かった。

自分用のカップを手に隣に座った沢内を見ると、普通にブラックを飲んでいる。

「俺もブラックのほうがよかった」

「駄目だ。疲れてるときは甘いもののほうがいい。つべこべ言わずに飲め」

強い口調でそう言われたことで、沢内もまた、自分同様ご機嫌斜めらしいということに、怜治はやっと気づいた。

「沢内さんも甘くしたほうがよかったんじゃないですか？」

「俺はいいんだよ。接待の席でデザートまで堪能したからな」

「そういや、そうでしたね」

渋々ながらも甘いカフェオレを口にすると、同じタイミングで隣に座る沢内もカップを傾ける。

（最初の頃は、こうやって隣り合って座るのも緊張したっけ……）

強引に居座ってしまった沢内が、我が物顔で新品のソファに座るのがどうにもこうにも気に障って、気まずいながらもこのソファは俺のだと意思表示すべく無理矢理隣に座ったのがはじまりだった。

今では食事をするとき以外は、こうして同じソファに座って、テレビ画面を眺めながら会話するのが習慣になってしまっている。

随分と気安い関係になったものだ。

(寝てるんだから、それも当然か……)

だが、身体の関係があるからといって、その懐に本当に入れるわけじゃない。

現に仁志とはそうだった。

また嫌な感情が湧いてきそうになって、怜治は深く溜め息をつく。

ふと視線を感じて隣を見ると、「なにを話してたんだ?」と唐突に聞かれた。

「えっと……いつのことです?」

「客が来た直後だ。風間専務と顔つきあわせてこそこそ話してただろう」

「ああ、あれですか……」

別に対したことじゃないですよと怜治が言うより先に、「随分親密な雰囲気だったな」と沢内が不機嫌そうに言う。

「……どういう意味です?」

「あいつもゲイなんだろう? 恋人のいる相手に近づきすぎるのはどうかと思うぞ」

(ああ、なんだ。そういうことか……)

つまり沢内は、聡巳の恋人にちょっかいを出すなと言いたいのだ。

（そんなに橘さんが大切なんだ）

どいつもこいつも、自分を通り越して聡巳のことばかり。

心配してくれているのかと期待した直後に、怜治のことを突き放す。

（もう、いい）

惨めになるだけだからと、暗い感情を抑え込んできた。

だが、今のこの状況だってすでに充分惨めだ。

なにを我慢することがあるというのか。

怜治は、沸き上がってくる暗い感情を抑え込むのをやめた。

「近づくもなにも、あの人は俺の昔の男ですよ」

うっすらと微笑《ほほえ》んで、吐き出すようにはっきりと真実を口にする。

「あ？　……恋人だったのか？」

「いいえ、恋人なんかじゃない。愛人関係……俗に言う援助交際ってやつです。学生の頃、この身体と引き換えに学費と生活費を援助してもらってました。――あの人、以前は若い子にしか興味なかったんで、年齢のわりに幼く見える俺は都合がよかったんでしょうね。俺と切れた後は、未成年者の男娼を多く抱え込んだ会員制のクラブで夜のお相手を物色してたみたいですよ」

もちろん違法な店ですけどね、と暗い感情を抱《いだ》いたまま、怜治は沢内の顔を斜に構えて眺めた。

「ちなみに、あのときこそこそ話してたのはあなたのことです。賓客の前でいきなりパリッとしたからびっくりして……。——仁志さん、前に会ったときのあなたはちんぴらみたいだったのにって驚いてましたよ」

「ちんぴらねぇ。前に、聡巳が会社をクビになりかけたとき、ちょっとばっかり威嚇《いかく》してやったんだが……。そういうふうに見えてたか」

沢内は愉快そうな顔をした。

「……なんで笑ってるんです？」

「あ？」

「橘さんの恋人が、未成年者を金で買ってたような最低男だってことに腹が立たないんですか？」

「別に……。過去はどうあれ、今は聡巳とうまくやってんだろ？　ならそれでいいじゃないか。たとえ万が一、今もそういうことをやってるんだとしたら、あの聡巳が黙ってるはずがないしな……。俺が口を出すような問題じゃないさ」

「心配じゃないんですか？」

「そりゃちょっとは心配だが、だからってそれでどうこうしようとは思わないな。聡巳だってもういい大人なんだ。手を貸して欲しかったら、自分でそう言うだろ？」

「……そんなもんなんだ」

思っていたよりもドライな沢内の反応に、怜治は拍子抜けして、同時になぜか失望もしていた。

「もっと心配して大騒ぎすると思ったのに……」

「俺に騒ぎを起こして欲しかったか？」

「そんなんじゃ……」

否定はできない。

確かに、怜治は期待していたのだ。

仁志の過去の悪行を知った沢内が、最低な奴だなと、聡巳のために仁志への怒りを募らせることを……。

自分が持たない絆を手に入れた人達が、その絆のために懸命になる姿が見たかった。

見たら見たで、きっとあまりの羨ましさにまた暗い感情を持て余していただろう。

でも、思い通りにいかなかったことで失望もしている。

沢内は、もっと情の厚い人だと思っていたのにと……。

（俺、なにやってるんだろう）

自分で自分の気持ちの動きがよくわからない。

「ただ、もっと橘さんのことを心配するだろうと思ったから……」

「そうか。……だが聡巳は、俺にこの手のことで心配して欲しくはないだろうな」

「親しい間柄じゃなかったんですか？」

「そりゃ親しいさ。施設仲間の中では特に気が合うほうだしな。だがあいつには、昔から俺には踏み込ませない場所があったから」

子供の頃から頑《かたく》ななまでに生真面目で勤勉で、そんなんで疲れないかと聞いたら、自分の大切な願いを叶えるためだから平気だと聡巳は答えた。

だが、それはなにかと聞いても、決して教えてはくれなかった。

沢内もまた、それ以上は踏み込まなかった。

「気軽に話せない大事な気持ちってのは、誰にだってあるもんだろう？　心配だからって、それを土足で踏みにじるような真似はしたくない。——どうして風間専務の部屋に引っ越したんだと俺が聞いたとき、聡巳は本当のことを言わなかった。ふたりのことに口出しして欲しくないってことだ。だから俺は、望まれない限りこれ以上は踏み込まない。そんな野暮《やぼ》な真似はしたくない」

まあ単に、ゲイのカップルだってのを白状するのが気まずかっただけかもしれないが、と沢内は苦笑する。

「でもおまえは違うんじゃないか？」

「え？」

唐突な質問に怜治は首を傾《かし》げた。

「俺に踏み込んで欲しいんじゃないか？　だから、聡巳の話にかこつけて、本当なら誰にも知られたくないだろう過去の話を、自分からしたんじゃないのか？」

真剣な顔で見つめられて、一瞬息が詰まり、鼓動が跳ね上がる。

「な、なにを言ってるんですか。そんなわけないでしょう？　なんで俺が、あんたなんかに……」

そんなわけない、ともう一度呟いて、怜治は沢内から思いっきり視線をそらした。

鼓動は跳ね上がったまま元に戻らない。

（なに、これ……）

酷く動揺している自分を自覚して、怜治は困惑した。

内心の動揺が出てしまったのか、知らぬ間に両手が震えて持っていたカップの中身が零れそうになっている。

それを沢内が脇からすっと取り上げてテーブルに移動させた。

「おまえ、たまに凄く嫌な顔で笑うときがあるよな。せっかくの綺麗な顔が台無しの、やけに卑屈で暗い顔……。それを見て、おまえの心の中にはなにか鬱屈《うっくつ》したもんがあるんだろうなとは思ってた」

「それがなんだって言うんです？」

「知りたくなった」

「は？」

「なんでそんな暗い目をするのか知りたくなったって言ってるんだ。——俺は、おまえに踏み込みたくなったんだ」

「……土足で踏み込まれるのは迷惑です」

「そう思ったから、おまえの誘いに乗った。情を交わせば、心の距離はぐっと縮まるだろうからな」

「そんなことないっ‼」

不意に、怜治は激高《げっこう》して怒鳴った。

自分でもなにが気に障ったのかわからない。

わからないのに、勝手に口から言葉が溢《あふ》れ出てくる。

「何度身体を繋げたって無駄なんだ‼　身体と心は別物なんだから！」

優しくされて、甘い時間を共に過ごしても、心までは繋がらなかった。

目の前であまりにもあっさり断ち切られた絆に、ただ呆然とするばかりで……。

「抱かれたって、心の距離は縮まらない！　選ばれない人間は使い捨てにされるだけだ！」

激高する怜治を、沢内は痛ましそうな顔で見つめている。

「……そうか。そういうことか……」

手を伸ばして、まるで宥《なだ》めるように怜治の頬に手の甲でそっと触れる。

「おまえ、風間専務に惚《ほ》れてたんだな」

「なに……言ってるんですか。そんなことあるわけない！」

怜治は沢内の手を振り払った。

「あの人とは最初から金絡《がら》みの関係だ。——好きになんて、なれるわけがない」

「それが、おまえの鬱屈の正体か」

「え？」

「おまえは、あの男に本気で惚れてたんじゃないのか？　それを自分でも認めてやることができなかったから、今も苦しいんじゃないのか？」

「そ……んな……こと……」

声が震えて言葉にならない。

（そんなことない！　あるわけない！　絶対に！）

そう、絶対にだ。

確かに知り合った当初、仁志に惹《ひ》かれていたのは事実だ。

長く愛人をやっている間に、心が揺れたことだってある。

愛されているのかもしれないと誤解しかけて、そうならいいのにと期待したことも……。

（でも、違う）

仁志とは、まさにギブアンドテイクの、与えられたぶんだけ与え返す関係だった。

確かに、あともう少し仁志の心が自分に傾いてくれたら、同じ気持ちを返すことができるのにとは思っていた。

この関係がいつ恋になってもいいのにとも思っていた。

そんなふうに思う気持ちが、片思いと呼ばれるものに近いことも自覚はしていた。

(橘さんは、俺が仁志さんに片思いをしてたんだって思ってたみたいだけど……)

愛人として献身的に仁志に尽くしていた自分を、たまに聡巳が痛ましそうな目で見ていたのには気づいていた。

怜治が仁志に恋をしていると、聡巳が勘違いしていることにも……。

そうじゃないと否定したところで、きっと無理をしてるんだなと可哀想に思われるだけだ。

だから怜治は、聡巳の勘違いをあえて肯定した。

自分は仁志に恋をしていたのだと認めるような言葉を口にしたことさえある。

恋なんてしていないのだと否定して、勘違いしている聡巳から無理しなくていいのにと哀れまれるのが嫌だった。

それぐらいなら、恋をしていたのだと自ら嘘をついて、虚《むな》しい片思いだったんだなと同情されたほうがまだマシだ。

(だって、俺は本当に恋をしていなかったんだから)

ありもしない片思いを哀れまれるなんて屈辱《くつじょく》的だ。

愛人じゃなく、恋人になれればよかったのにと願ったことがあるのは事実だが、それでもまだあの頃は恋未満の感情でしかなかったはずなのだ。

まだ本当の意味では好きになってはいなかった。

だってそれは、怜治には許されないことなのだから……。

（……仁志さんは最初に言ったんだ）

——恋愛絡みだと、別れるときに揉《も》めることがあるだろう？　それが興ざめでさ。

そのために、最初から金銭絡みの割り切った関係を求めてきた。

好きになんてなってしまったら、即座に契約は終了していただろう。

（だって、俺には金が必要だったから……）

だからこそ、少しでも長くあの関係を続けている必要があった。

（……でも、ホントに？）

確かに、出会った当初は金に困っていた。

でも、弟が訪ねてこなくなって、イレギュラーな出費がなくなってからは、普通にバイトした程度でもなんとかやっていけたはず。

愛人だなんて、後ろ暗くてデメリットのあるバイトを続ける必要なんてなかった。

では、なぜ？

(——だって一緒にいて楽しかったし……。それに……少しだけ……ほんの少しだけ好きだったから……)

好きだったから、食事に誘われて嬉しかった。

好きだったから、愛人になってくれと言われて驚き、そして傷ついた。

好きだったから、そんなふざけた話はお断りだと言って席を立つことができなかった。

好きだったから、あんな人、好きになんかならないと自分の心に蓋をした。

だって仁志は、最初から怜治に恋愛関係など望んではいなかったのだから……。

(俺はずっと、ひとりで恋をしてたのか)

最初から勝ち目のなかった恋。

でも負けず嫌いの怜治は、それを認めることができなかった。

仁志が引いたラインの外、愛人という枠組みの中に自らを止《とど》めておくことで、これは本当の恋じゃないのだと、金絡みの関係なのだと自分に言いきかせていた。

そして自分の恋から目をそらし、心の奥に封印して、仁志の望む形でただ側に居続けた。

それでもやっぱり好きだったから、優しくされれば期待したし、甘い言葉をかけられれば心が揺れた。

もしも仁志が自分に恋をしてくれたら、今すぐに同じ気持ちを返せるのにと……。

(今さら、こんなことに気づくなんて……)

なにもかもが手遅れ。

いや、そうじゃない。

怜治が仁志と出会ったときでさえ、すでにもう手遅れだったのだ。

その事実を知ってしまったからこそ、仁志と聡巳がつき合いはじめたのだと聞いたときも、取り乱すことなく認めることができた。

——これでよかったんだと思います。

そんな強がりまで言って……。

「……なんで……なんでこんな嫌なこと、わざわざ気づかせるんですか」

怜治は、膝の上で組んだ自分の両手を瞬《まばた》きせずに睨みつけることで、零れそうになる涙を堪《こら》えた。

「嫌な顔で笑うおまえを見ていたくないからな。——それで、おまえは何を望むんだ？」

「なにって？」

「なにかして欲しいことがあるから、俺に過去の話をしたんじゃないのか？　たとえば、あの男と聡巳の仲を引き裂くとか」

「そんなこと望んでない！　あのふたりを不幸にしたいなんて思ってない」

聡巳に対する羨ましさに振り回されて暗い感情に支配されることはあるけれど、それでも怜治は聡巳自身に対して悪意を持っているわけじゃない。

幸せでいて欲しいと思っている。

「それなら、あの男を一発殴ってきてやろうか？」

それで少しは溜飲《りゅういん》が下がるんじゃないかと聞かれて、怜治はきっと沢内を睨みつけた。

「野蛮だ。そんなことして、警察沙汰にでもなったらどうするつもりです？」

自分の立場をちゃんと自覚してくださいとお小言を言うと、沢内が嬉しそうな顔になる。

「はいはい。——どうやら、調子が戻ってきたみたいだな」

そのほうがいいと微笑み、ぽんと頭の上に手を乗せる。

「だ、だから重いですって」

その顔になぜか狼狽えて、怜治は頭の上の手を払い除《の》けながら沢内から視線をそらした。

「別に、調子は悪くないですけど……」

「嘘つけ。不機嫌な顔してやがったくせに。——もう一度聞くが、俺になにかして欲しいことはないのか？」

「ないですよ。そんなこと……」

いつの間にか手の震えは止まっていた。

怜治は腕を伸ばしてコーヒーカップをもう一度手に取り、温《ぬる》くなった甘すぎるカフェオレを口にする。

「正直、余計なお世話です」

ふんと威張《いば》って顎《あご》を上げると、沢内は小さく笑った。

「……なに笑ってるんですか？」

「いや、意地張って強がるのが可愛いかったもんで。――なあ、もっと俺に踏み込ませろよ」

「言ってる意味がわかりません」

「人生の相棒になって欲しいって言ってるんだ」

「――え？　……って、なに言ってんですか」

それでは、まるでプロポーズだ。

（ゲイでもないくせに……）

ほんの一瞬、どきっとしてしまった自分が口惜しい。

誤解させる言い草にムッとした怜治は、怒りのままに沢内をキッと睨みつけた。

「ホントわけわからないんですけど」

「おまえ、けっこう鈍いんだな」

「そんなことないです」

「ある。――それともなにか？　やっぱりまだあの男に未練があるのか？」

「あの男って……」

（仁志さんのことか）

ということは、やっぱりさっきのはプロポーズだったのだろうか？

「……だって、そんな……。あなたはゲイじゃないでしょう？」

「確かに違うな。おまえだけは例外だが」

「なんで俺だけ例外なんです？」

「そりゃ、俺がおまえに惚れてるからだ」

さらりと言われて、怜治は思わず頭を抱えた。

「海外暮らしが長かったせいで、日本語おかしくなってません？」

「なってない。素直に聞けよ」

「そんなこと言われても……。――いつから、そういうことになったんです？」

「たぶん、最初から……。いや、最初に会ったのは本社でだったっけか……。となると違うな。携帯でいきなり怒鳴られたときからか」

「今どこにいるんですかって？」

「そうそう。二日酔いでぼんやりしてた頭が、あのイキのいい声でシャキッとしたんだ」

「そんなことぐらいで、普通惚れたりしないでしょう？」

「確かに。興味を惹かれるきっかけってとこか……。で、その後におまえ、自分は俺のものだって宣言しただろ？」

「してません！　俺はあなたの秘書だと言っただけです」

「そうそれ。俺は昔からその手のフレーズに弱いんだ」

「その手って、どの手です？」

「だから、俺だけに係わってくるものっていうか……。ほら、前にも言っただろう？　俺はガキの頃から自分のものだと言えるものをろくに持たずに生きてきたって……。あれは持たなかったんじゃなく持てなかっただけなんだ。施設にいた頃はみんなと共有のものが多かったし、そうじゃないものがあっても、自然と自分より小さい子に譲ったりしてただろ？」

「まあ、確かにそうですね」

（……俺はそう簡単に譲らなかったけど）

でも、沢内は譲ったんだろう。

しょうがないなと笑って、自分のものを小さな子に譲る姿が容易に想像できる。

「だから自分のものってのに、憧れがあってさ」

「憧れるものが多いんですね」

「あ？」

「お揃いのものにも憧れてたんでしょう？」

「あれとは、ちょっと違うな」

「どう違うんです？」

「だから、ただお揃いってのに憧れてたわけじゃない。俺はおまえとお揃いのものが欲しかったんだ。——ガキの頃に世話になった老夫婦の話をしたよな？」

「はい」

「俺にとっての一番の憧れは、あの老夫婦だ」

子供はなくとも、夫婦ふたりきり、いつも寄り添って幸せそうに生きていた。

貧しい暮らしの中での唯一の贅沢品《ぜいたくひん》だと言って、お揃いの茶碗を大切に使っていた。

「お婆《ばあ》さんのほうがお気に入りだったんじゃないんですか？　ふられてしょげてたくせに」

「違う、セットで憧れてたんだ。俺のところに来る前に、爺《じい》さんの元に逝《い》かれたのは悲しかったが、それでもやっぱり羨ましかった。そんなにまで離れていられなかったのかと……」

「今まで、そういう相手に出会わなかったんですか？」

「出会わなかった。女に不自由したことはないんだが、なんでか誰とも長続きしなくてさ。……今から思うと、俺のほうに女に対する思い入れがなかったんだろうな」

その点、おまえは大丈夫だと、沢内は明るい顔で笑う。

「なにしろ、俺のほうから気に入ったんだから」

「なんで気に入られたのか、その理由がわかりません。専属秘書なのがツボだったたって言うんなら、いくらでも代わりがききますよ？　別に俺じゃなくたっていいでしょう」

「上司をいきなり叱りつけるようなイキのいい奴が、そういるとは思えないな。それに、あの電話だけじゃなく、実物を見て更に気に入ったんだ。顔もサイズも性格も、なにもかもがツボだった。いつも側に置いときたかったから、無理矢理同居にも持ち込んだ。……でもまあ、言われた通りゲイじゃないんで、最初はおまえともっと親しくなれさえすればそれでいいぐらいの気持ちだったよ。直接誘われるまでは、さすがにセックスするって発想はなかったな。でも、やってみたら身体の相性もえらくいいし、こりゃもうがっちり摑まえとかなきゃ駄目だろうと思ったわけだ」

「思ったわけだって言われても……。たまたま身体の相性がよかったからって、人生の相棒だなんて、あまりにも急ぎすぎじゃないんですか？」

あまりにも直球すぎて、いまいち本気かどうか疑わしい。

今こうして唐突すぎるとしか思えないタイミングで『人生の相棒』だなんて言葉を使ったように、ある日突然、やっぱり無理だったと宣言されそうな気がして……。

「わざわざそんなこと言わなくたって、あなたが飽きるまではお相手してさしあげますよ」

「今は特定の相手もいないから、ってか？」

「ですね」

「じゃあ、おまえに特定の相手ができたらどうなるんだ？」

「え？」

「俺は捨てられるわけか？」

「捨てられるだなんて、そんな大袈裟《おおげさ》な……」

思わず笑いかけた怜治を、「大袈裟じゃないだろう」と沢内が軽く睨む。

「そのときが来たら、俺はおまえの寝室から閉め出されて、この部屋からも追い出されることになるんじゃないのか？」

「それは……当然そうなるでしょうけど……。でも、別にたいしたことじゃないでしょう？　あなただったら、すぐに次の相手を見つけることだってできるでしょうし」

現実問題、怜治がパートナーを見つけるより、沢内が新しい居候《いそうろう》先を見つけるほうが容易《たやす》いはずだ。現に会社の独身女性の中には、沢内の恋人の座を狙《ねら》っている者がかなりいるのだから……。

「俺にとっちゃたいしたことだ。だから言ってるんだ。はっきり言ってしまえば、俺は危機感を覚えてる」

「なにに？」

「おまえに特定の相手ができることにだ。——今日、あの男とおまえがこそこそ話してるのを見て気づかされた。今のこの状況でおまえに特定の相手ができたとしても、今の俺はおまえを引き止められる立場じゃないってことにな。……っていうか、目の前でいちゃいちゃされてるのに、引っぺがすことさえできないんだからな」

「いちゃいちゃって……。ただ単に話してただけですよ？」

「あんなに顔を近づける必要はないだろうが」

沢内は露骨に不機嫌そうな顔をする。

（そうか、確かに近かったかも……）

仁志とは長く一緒にいた気安さがあるから、無意識のうちに距離感が近くなっていた。

普通の知人相手だったら、息がかかるほどの近距離で内緒話することなんてないだろう。

（これからは気をつけよう）

一緒に仕事する機会があるかどうかわからないが、万が一にも聡巳がいる前でそんな無神経な真似をしないようにしなきゃいけない。

（あの橘さんがその程度のことで嫉妬《しっと》するとは思えないけど、嫌な気分にはさせたくないし……。――って、あれ？）

「沢内さん、どうしてそんなに不機嫌そうなんですか？」

不意に疑問に思ったことを、怜治はそのまま口にした。

「それじゃあ、まるで嫉妬してるみたいですよ」

「みたいじゃなくて、嫉妬してんだよ」

「――え？」

「え？　じゃねぇよ。おまえ、俺の話聞いてなかったのか？」

「聞いてますけど……でも、だって……。……ええ？　まさか、ホントに？」

「本当だ。おまえに惚れてるって言っただろうが」

「言われたけど……。だって……そんな……まさかそこまで本気だなんて思わなかったし」

怜治は、思わずびびって沢内から身体を離した。

「思えよ」

沢内の腕が怜治の首に絡んできて、ぐいっと引き寄せられる。

「おまえ、俺の言葉が信じられないってのか？」

「信じられません」

至近距離から睨んでくる沢内に、怜治は間髪を容れずに答えた。

「大丈夫って言ったくせに大丈夫じゃなかったことが何度もありますし、五分休憩するって言ったくせに平気で二時間行方不明になったりするし……。だまし討ちみたいな不意打ちで、無理矢理同居に持ち込んでもきましたよね？」

怜治の指摘に、沢内は気まずそうにうなだれた。

「日頃の行いか……。それは弱いな」

「でしょう？」

「ってことは、おまえを口説き落とすには、そこからはじめないと駄目なのか」

「信用できるようになったからって好きになるとは限りませんよ」

「じゃあ、どうすればいいんだ？　なにをしたらおまえの心を手に入れられる？」

「そんなこと……自分でもわかりません」

なにかをしたから誰かを好きになるとか、そんな簡単にいくものじゃない。

そんなに簡単だったら、こんなに長い間、不毛な恋に囚《とら》われてもいなかっただろう。

「あの男みたいな奴が好みなら、どっちかって言うと俺は真逆だしな。金だって、威張れる程にはため込んでない。俺にできることって言ったら、ずっと側にいることぐらいか」

「側に……？」

ピクッと反応して顔を上げたら、「お？　脈有りか」と沢内は嬉しそうに言った。

「必要とあらば手も貸すし、拳《こぶし》も貸せる」

「……拳はいらないです」

「はいはい。――やっぱり、少し急ぎすぎか……」

ぼそっと呟く沢内の声に、怜治は首を傾げることで先を促《うなが》した。

「おまえの中から、あの男への想いが自然に消えるまで待ったほうがいいかと考えただけだ」

「……たぶん、それはもう消えてます」

恋をしていた自分をずっと認めてやらなかったから、恋を失った辛い想いを吐き出すことができずにいて苦しかっただけ……。

仁志への恋自体はとうに終わっているはずだった。

（そうじゃなかったら、きっと橘さんに嫉妬してた）

聡巳に対して羨ましいという気持ちを抱《いだ》くのは、怜治が持たない絆を手に入れたから。

恋する人を奪われたことに対する嫉妬とは違う。

(今日だって、目の前で仁志さんに惚気られても我慢できたんだから)

羨ましいと思う気持ちを、きちんと抑えることができた。

さっきみたいに、暗い感情をどうしても抑えきれずに爆発させたりはしなかった。

(……あれ？　でもだったら俺、なんでさっきは我慢できなかったんだ？)

羨ましい、妬ましいと爆発した。

沢内が、自分のことより聡巳のことを気遣うのが、どうしても我慢できなかったから……。

これこそ、嫉妬という感情ではないのだろうか？

(ってことは、もしかして俺……。え、でも……いつから？)

暗い感情に支配されるまま、はじめて口を開いたのは、一緒に散歩に行った日のこと。

あの頃にはすでに心が動いていたのだろうか？

(だから、自分から誘うようなことを言ったのか)

仁志との関係が終了した後、何度か遊び相手を捜して仲間達が集う店に足を運んだが、誘われてもその気になれずに断念してばかり。

あれは単に、心が伴わない関係を身体が拒否していただけなのかもしれない。

無自覚だったとはいえ、怜治は仁志に恋をしていた。

だからこそ、身体を委《ゆだ》ね続けることに抵抗を感じなかったのだとしたら？

そして、沢内のときも……。

(ああ、そうか……。そういうことだったんだ)

――それが、おまえの鬱屈の正体か。

沢内の指摘は正しかった。

怜治は、ふと目覚めたような心持ちで、それを改めて認めた。

仁志へと揺れた心、その恋心をどうしても認めることができずにいた。

恋をするという感情、それ自体をずっと否定していたから、沢内との関わりで心が揺れても、その揺れこそが恋なのだと気づくことができなかった。

でも、認めることができずにいた過去の恋を沢内が解放してくれたお蔭で、一気に怜治の心模様が変わった。

とっくに終わっていた仁志への恋が――心に残っていた重いしこりが、解けて消えて、怜治の心はやっと解放されたのだ。

そして今、恋という心の揺れを自覚できるようになった。

(俺はいま恋してるんだ)

隣に座っているこの男に……。

唐突に自覚させられた恋心に、怜治の鼓動は一気に速まった。

我知らず、顔や耳が熱くなる。

「なに急に赤くなってるんだ?」

「え、あ、これは……」

不意に気づかされた自分の心の動きに、怜治はおろおろと狼狽えるばかり。

真っ赤になったまま戸惑っていると、不意にインターフォンが鳴った。

「——あ」

緊張していた怜治は、驚いてビクッと震える。

「いいところだったのに……」

「待って、俺が出ます」

軽く舌打ちして立ち上がろうとする沢内を押しとどめ、怜治が立ち上がった。

(よかった)

猶予《ゆうよ》ができたとほっとしながら、インターフォンを取る。

『あ、いた。オレだけど、わかる?』

(オレって、誰だよ)

一瞬、画面に映し出された男が誰だかわからなかった。

「どちらのオレ様でしょう?」

『なんだよ。わからないのかよ。誠吾だ』

「誠吾?」

その名を聞いて、自覚したばかりの恋にふわふわと狼狽えていた心が、すうっと冷えて冷静になる。

　まさか弟の話を聞かされた当日に、本人が訪ねてくるとは予想もしていなかった。

「どうして、ここがわかった？」

　引っ越しをしたことを教えていなかったのにといぶかしむ怜治に、誠吾が言う。

『とにかく、部屋に入れてくれよ。話はそんときにするからさ』

「……わかった」

　正直言えば、二度と会いたくなかった。

　恐喝者になってしまった弟を直視するのが辛いから、会わずにフェイドアウトできればと思っていた。

　だが、そんなことも言っていられない。

（一度ぐらいは、ちゃんと怒らないと……）

　兄として、仁志への恐喝行為を諌《いさ》め、もう二度と弟のおねだりに応じるつもりはないことをはっきり意思表示しておくべきだ。

　誠吾に急《せ》かされるまま、エントランスの出入り口のロック解除のボタンを押しかけ、ふと悩む。

（仁志さんに、連絡したほうがいいのか）

　その真意はどうであれ、助けてくれると言っていた。

仁志ならば、この手の対処には長《た》けているだろうし、揉めるようなことがあったら弁護士など外部の協力を仰ぐことだって簡単だろう。

部屋にあげる前に携帯で連絡して助言を仰ぐべきかもしれないと考えた怜治は、ふと背後に人の気配を感じて振り返る。

（その必要はないか。……ひとりじゃないし）

ソファに座ったまますっかり冷めたコーヒーを飲んでいる沢内を見て、怜治はそう思う。

この人がいれば大丈夫だと、不思議と安心している自分に苦笑する。

「部屋番号わかるか？」

『805だろ』

「そうだ。間違えるなよ」

ロックを解除して誠吾をマンション内へと招き入れる。

「客なら、俺は席を外したほうがいいか」

振り返ると、立ち上がった沢内がリビングから出て行こうとしている。

「待って」

怜治は慌てて、沢内のシャツの袖《そで》をつまんで止めた。

「あの……変なこと頼むようで、申し訳ないんですが。ちょっとだけ、隠れててもらえませんか？」

「自分の部屋にいればいいんだろ」

「そうじゃなくて、隠れて、俺たちの会話を聞いていてくれませんか？」

沢内が堂々と同席してしまったら、きっと誠吾は訪ねてきた理由を口にしないだろう。

だからと言って、沢内が側にいないのも怖い。

暴力的な行為を恐れているわけじゃない。

怜治は、自分自身の心の弱さが怖かったのだ。

（また流されないようにしないと……）

いいカモにされているのだと自覚してからも、弟との縁が切れることを恐れるあまり、ずるずるとお金を渡し続けてしまった過去が怜治にはある。

だからこそ、沢内に側にいて欲しかった。

（沢内さんが聞いてると思ったら、俺も馬鹿な真似はできないから）

おまえがそんな馬鹿だとは思わなかったと呆《あき》れられたくないから、毅然とした態度で弟に向かえるような気がする。

（ああ、これって、仁志さんと同じだ）

大切な人に失望されたくないと、我が身をいましめるところが……。

思いがけず裏打ちされた恋心に、怜治は微かに頬を染め、つまんだままだったシャツを離した。

「つまり、俺に盗み聞きしろってのか？」

「はい。……駄目ですか？」

恐る恐る上目遣いで見上げると、「いや、面白そうだ」と沢内は笑った。

「じゃあ、いったん部屋に隠れてから、頃合を見はからって、廊下のそこら辺に忍んでるよ」

「お願いします」

感謝して頭を下げると、ぽんと頭の上に手が乗せられる。

いつものように払い除けたりせず、頭に手を乗せたまま顔を上げた怜治に沢内が聞いた。

「ちなみに、客とおまえの関係は？」

「異母兄弟です」

「……そうか。事情はわからんが、とにかく頑張れ」

頭に乗せたままの手をぽんぽんとバウンドさせて、沢内が怜治を励ます。

「それ、ただでさえ低い身長が、更に縮むような気がするんでやめてくれませんか？」

頼み事をした手前、無下に払い除けることもできずに口で文句を言うと、沢内は「はいはい」と怜治の頭をひと撫《な》でしてから、いったん隠れるために自分の部屋へと消えた。

人がいた気配を消すべく、コーヒーカップを片付け、玄関に置かれたままだった沢内の革靴をシューズボックスに入れて隠す。

（念のため、音声だけでも録音しとこう）

携帯を操作していると、玄関のチャイムが鳴った。

怜治はドアスコープで誠吾がひとりであることを確認してからドアを開けた。

「久しぶり。……大きくなったな」

誠吾に会ってまず最初にびっくりしたのは、それだった。

最後に会ったときでさえすでに怜治の身長を超えていたが、そのときより更に身長が伸びている。

面長な顔に長めの茶髪、きつい印象を与えるその顔立ちは、義母にも怜治にも似ていない。

先入観もあるのだろうが、ヒップホップ系の緩めの服装のせいか、妙にだらしない感じがした。

「兄貴は小さいままだ」

「うるさいよ。——上がって。コーヒーでも淹れる」

招き入れながらそう言うと、いらないと言われた。

「下に人を待たせてるんだ。——へえ、いい部屋に住んでるんだな」

ＬＤＫに入った途端、誠吾はぐるっと値踏みするように部屋を見回して、ちょっと嫌な感じの笑みをみせる。

（まあ、そう見えるだろうな）

このマンション自体、怜治には分不相応な物件だった。

その上に、沢内が最新式のホームシアターやテーブルなどを揃えてくれたから、余計に贅沢な部屋に見えてしまうのだろう。

「会社から家賃補助が出てるんだよ。さすがに都内だったら、補助があっても、これだけの物件は借りられないけどね」

「補助ねぇ。それって会社じゃなくて、風間さんから出てるんじゃないの？」

ソファに座った誠吾が、肩を竦める。

「……どういう意味？」

「どういうもこういうも……。——とぼけるなよ。まだ続いてんだろ？　兄貴が風間興産みたいな大企業に入社できたのだって、あの人が裏で手を回したんじゃねぇの？」

誠吾のいやらしい物言いに、怜治は深い溜め息をつく。

（前よりずっと悪くなってる）

高校生だった頃は、もう少し可愛げのある口調で話していた。

怜治に対しても、まるで媚《こ》びを売るかのように馴《な》れ馴《な》れしい甘えた態度で接してくることはあっても、こんなふうに頭から見下したような言い方はしなかった。

誠吾が仁志を脅迫しようとした話をどうやって切り出すべきか。どうやって誠吾にその事実を認めさせればいいだろうかと考えていたのだが、考えるまでもなかったようだ。

今の口ぶりからして、誠吾には自分がやっていることを隠す気はないようだから……。

「先に断っておくが、風間氏との関係はとっくの昔に終了してる。風間興産に入社できたのも俺の実力だ」

「へえ、そう？　ま、どーでもいいけど。――それでもまだ繋がりはあるんだろ？」

「仕事上、たまに顔を合わせることはあるね。たまたま今日も会った。……それで、おまえのやってきたことを全部聞かされたよ」

「そっか。なら、話が早いな。兄貴からさ、あいつにちょっと話をしてやってくれよ。お互いの穏便な人生のために、ほんのちょっとお金を用立ててくれって……。兄貴だってさ、男相手に援助交際やってたこと会社に知られたらマズイだろ？　しかも相手は、自分が勤めてる会社の社長の息子なんだもんな。やばすぎ、最悪だろ」

へらへらと、軽い調子で誠吾が笑う。

「本当に最悪だな……おまえ」

子供の頃、いつも小さな弟と手を繋いで歩いていた。

たくさん歩いて汗ばんでくる小さな手の熱さと、指をきゅっと締めつけるその手の力、そして夢中になって話しかけてくる無邪気な笑顔。

寂しいとき、つらいときに、何度も何度も思い出して心を慰めた。

家族みんなと血が繋がった弟は、怜治にとって幸せな家族の記憶の象徴のような存在だったのに……。

(もう、思い出したくもない)

心穏やかにする優しい記憶は、もう汚《けが》れてしまった。

心の中に思い描《えが》いても、嫌な気分になるだけだ。

「なにを言われようと、おまえの恐喝の片棒はかつがない」

怜治は、ソファに座る誠吾の目の前に立って、そう宣言した。

「それに、風間氏も絶対に応じないよ。――あの人、次におまえが接触してきたら、本気でおまえを警察に突き出すつもりだ」

「あー、やっぱ駄目か……。だったら、兄貴でいいや」

「は?」

「だからさ、兄貴が金貸してくれよ。あんたのことだ。どうせあいつから貰った金をチマチマため込んでるんだろ?」

「それなら奨学金の返済に全部使った」

成績優秀者制度でかなり奨学金の返還を免除してもらえていたから、残りはバイト代を全部つぎ込んで返済を終えていた。

仁志から貰ったお金を、手元に残しておきたくなかったのだ。

「マジで? 参ったなぁ……。あ、じゃあさ、キャッシングでもいいから金貸してよ。俺、ちょっとヤバイ筋から金借りちゃってさ。返さないと、マジヤバイことになりそうなんだ」

絶対に返すからさ、とへらへら誠吾が笑う。

軽い言葉と軽い笑い。

信用なんて、できるはずがない。

「おまえに金を貸して、返してもらったことってあったっけ」

「ないよ。だってしょうがねぇじゃん。俺、まだ学生なんだし……。働くようになったら返すからさ」

「俺は高校生の頃からおまえに金を渡してきた。バイトで稼いだ金を……。おまえもバイトすればいいだけだ」

「これからするって。でも、今はそんな悠長なことしてる場合じゃないんだ。バイトして返すから、頼むから金貸して」

「……しょうがないな」

怜治は深く溜め息をついた。

「金を借りた経緯と返済計画を書面にして渡せ。その上で、正式な借用書を書くなら、貸してやらないでもない」

「借用書って、なんだよ、それ」

誠吾はあからさまにムッとした顔をした。

「俺が信用できないってのか？　酷くね？」

「酷いのはそっちだ。おまえは今まで、俺に信用されるだけのことをしてきたか?」

「今まではちょっと兄貴に甘えすぎてただけだろ? これからはちゃんと返すって……」

「信じない」

「ちっ、ったく。血の繋がった弟に対して、それってあんまり冷たいんじゃねぇの?」

「よく言うよ。じゃあおまえはどうなんだ? 俺のことを少しでも気遣ってくれたことはあるか? おまえと違って、俺には帰る家がない。住んでた部屋だって金がなくなれば追い出される。そういう切羽詰まった事情を考えてくれたことがあるか? ないよな? 少しでも考えてたら、あんな頻繁に金を借りになんてこれないはずだ。——本当は俺のこと、最初から金蔓《かねづる》としか見てなかったんだろう?」

怜治が睨みつけると、誠吾はふてぶてしい態度のまま目をそらした。

「わかってる。おまえだけが悪いんじゃない。俺も、たったひとりの弟のためだからって酔ってたところがあったからな。……でも、それはもう止《や》める」

たったひとりの血の繋がった家族との絆が切れるのが怖かった。

でも、自分を苦しめるだけの絆を、繋ぎ止めることになんの意味がある?

以前の怜治は、か細い弟との絆を、金を仲立ちにして無理に繋いでいた。

繋いだその絆故《ゆえ》に、弟は仁志の存在に気づき、恐喝という手段に出た。

そんな悪い連鎖は、もう断ち切らなければならない。

（でないと、俺は新しい絆を手に入れる夢さえもう見れなくなる）

自分に絡んでいる弟との絆が、側にいる人にまで悪影響を及ぼすのならば……。

（もう嫌だ）

高校生の頃、怜治は自分の愚かさ故に大切な親友を失った。

同じ失敗は繰り返したくない。

今、ドアの向こうで話を聞いてくれている人に対して恥ずかしい真似はしたくない。

「今まで貸した金を返さない限り、おまえに金は貸さない。絶対にだ」

「援助交際やってたこと、世間にバラされてもいいわけ？」

「よくはないな。でも、それも自分がしでかしたことなんだから仕方ない。おまえの脅しに屈して、自分から底なしの泥沼に足を踏み込む気はないよ。——そのせいで今のこの生活を失うことになっても、おまえにはもうなにも渡さない」

はっきりそう言い切ると、誠吾はあからさまに不機嫌な顔をしてチッと舌打ちした。

「使えねぇな。あんたの親父と一緒だ」

「あんたのって……。おまえにとっても父親だろうが」

父が死んだとき弟はまだ幼かったが、その存在を忘れるほど幼くはなかったはずだ。

「ちげーよ。ばーか。俺の親父はまだ生きて、お袋と夫婦やってるし」

「なにを言ってるんだ？　その人は、おまえの母親の再婚相手だろう？　おまえは俺と同じ父親の子供として生まれたんだ」

父の再婚でやってきた義母、彼女の妊娠を喜ぶ父、そして日に日に大きくなっていくお腹《なか》に、かつてこの手で触れたことがある。

「おまえが生まれたときのことだって俺は覚えてる」

「戸籍上ではそういうことになってるみたいだな。んでも、やっぱり俺は今の親父の子だ。DNA鑑定済みだし」

以前、その件で両親が大げんかしたときに確かめたのだと誠吾は言う。

「うちの両親、お袋があんたの親父と結婚する前からの仲だったらしいぜ。つまり、あんたの親父は託卵されてたわけ」

「たくらん？」

最初、その言葉の意味がピンとこなかった。

あまりにも思いがけない話に、思考が追いついてこない。

（……たくらん……託卵ってことか）

ある種の鳥は産まれた卵を他種の鳥に託し、育てさせる習性を持つ。

つまり怜治の父は、別の男と妻との間に生まれた子供を、我が子だと信じて育てさせられたということだ。

「そんな……嘘だろ？」

「ホントだって。元々、あんたの親父さんの金目当ての結婚だったらしいしさ」

怜治自身知らなかったのだが、実母が事故死したことで、その配偶者である父には、事故の補償金や死亡保険などがかなり入ってきていたらしい。

当時、多額の借金を抱えていた義母は、その金目当てで父と結婚したのだと誠吾が言う。

お人好《ひとよ》しだった父は、結婚した後、家族になったのだからと義母の借金を肩代わりして支払い、それでも少し残ってしまったぶんを月々の給料から少しずつ返済していたのだと……。

「全額支払う前に死んじまったもんだから、お袋はあんたの親父のこと、あの役立たずって呼んでたな」

「そんな……」

あまりにも酷い話に、怜治は呆然とするばかりだ。

（じゃあ、あの幸せだった日々は、全部嘘だったたってことなのか？）

可愛かった弟が恐喝者になっただけでもう充分すぎるほどショックなのに、今まで自分を支えていたあの幸せな日々それ自体が、すべて偽りの上に成り立っていただなんて……。

「お袋、何度かあんたに金を借りにいったことあっただろ？　あれって、あんたの親父が払わずにいったぶんの金を少しでもあんたから回収するつもりだったみたいだぜ。で、これ以上、自分じゃ金は取れないからって、俺に金蔓を譲ってくれたわけ。——兄ちゃんって言って懐いてみせるだけで、服も小遣いも貰えたし、いい稼ぎになって助かったよ」

「……じゃあ、おまえ、あの頃にはもう全部知ってたのか？」

「当然。欲しいものがあったら、あんたの兄ちゃんにたかってこいってお袋にも言われてたしさ」

「……そうか、中学生の頃から……」

(俺は、とんだ間抜けだ)

弟と再会してすぐ、彼が狡いところのある少年に育っていることには気づいていた。

だが、まさかここまでとは……。

こんな奴のためにバイトを増やし、生活を切り詰めていたのかと思うと、あまりにも自分が情けなくて、逆に笑えてくる。

「——おまえの考えはよくわかった」

怜治はうっすら笑いながら誠吾を見た。

「今まで貸した金を返せとは言わない。その代わり、二度と俺の前に顔を出すな。——この部屋から今すぐ出て行け」

出口のドアを指差して、そう告げる。

誠吾はゆらっと立ち上がると、怜治に歩み寄ってその顔を至近距離から覗《のぞ》き込む。

「馬鹿言うなよ。そう簡単に大事な金蔓を手放すわけがないだろ？」

「なにがあろうと、おまえにはもう金は出さないと言っている」

毅然として答えると、「強がっちゃって」と誠吾はへらへらと笑った。

「下に人待たせてるって言っただろ？　俺の説得が失敗したら、その人達が俺の代わりに説得してくれることになってんだ。その人達さ、聞き分けのない人間をいいなりにする方法なんてごまんとあるって自信満々だったよ。つーか、俺もそうやって脅されたから、兄貴を俺の身代わりに差し出したんだけどさ」

怜治の現住所などはその人達が調べてくれたのだと誠吾は言う。

調査に元手がかかってるから、黙って帰ってはくれないだろうと……。

「で、もう一回聞くけど、俺に金貸してくれる気あるよな？　ここで意地張ると、もっとずっとマズいことになるってわかるだろ？」

それはわかるが、ここで引いたら更に事態は悪くなることだってわかってる。

今ここで我が身を削ってでも、この悪い絆を断ち切らなければ、本当に夢を見る力すら失ってしまう。

（それは嫌だ）

幸せな日々を取り戻したいと願って懸命に生きてきた。

取り戻したかったその幸せが偽物だったのだと知っても、気持ちは変わらない。

穏やかに微笑んで暮らす日々を夢見る心はまだ失っていないから……。

「おまえには二度と金は出さない」

怜治は、もう一度はっきり宣言した。

「あ、そう。別にいーけど」

誠吾が不満そうに口を尖《とが》らせながら、後ろポケットから携帯を取り出す。

だが、それを使うことはなかった。

操作していたところを、無言のまま素早く室内に入ってきた沢内に、携帯電話を持っていた手ごと摑まれ背中のほうへと強くねじ曲げられたからだ。

「——てっ、痛いって！　なんだよこいつ！　こんな奴隠してるなんて狡いぞ」

「うるさい、黙ってろ」

「ひっ、痛い痛いって！　わかったよ。黙ってるから……」

沢内にギリッと不自然な方向に腕をねじ曲げられて、誠吾は顔を歪《ゆが》めて頷く。

「出てきて悪かったな。これ以上、黙って聞いてられなかった」

「いえ……助かりました」

謝罪する沢内に怜治はうっすらと微笑みかけ、次いで深く溜め息をついた。

「……警察に電話します。音声は録音してありますし」

「ちょっ、録音ってなんだよ。この卑怯者《ひきょうもの》！」

「……どっちが」

怜治は、沢内の手から逃《のが》れようとじたばた暴れている誠吾を冷ややかな目で見た。

沢内さんにも、先に謝っておきます」

「はい。もう俺ひとりの力では、こいつとの縁を切ることはできないみたいだし……。あ、でもその前に仁志さんに迷惑をかけることになるかもしれないって連絡しないと……。沢内さんにも、先に謝っておきます」

「なんでだ？」

「俺と同居してたことで、後で世間から色々言われるかもしれないし……」

誠吾のバックに質《たち》の悪い消費者金融か街金がついている以上、警察も身内のトラブル扱いはしないで、恐喝で被害届を出せば受理してくれるだろう。

だが、そうなれば芋づる式に怜治がゲイであることや、かつて援助交際をしていたことが、誠吾の口から表沙汰になってしまう可能性がある。

女性の場合と違って男性の場合、売春という罪状は当てはまらないらしいが、それでも怜治に係わってしまった人達の世間体が悪くなるのは確実だ。

「すみませんでした」

「廊下で聞いたから大体の事情はわかった。その上で提案なんだが、警察に行くより先に、とりあえずこの事態を俺にまかせる気はないか？」

頭を下げる怜治に、沢内がそう提案する。

「まかせるって……。でも、すでに外にはこの子が連れてきた人達がいるみたいですし、個人でどうこうできるレベルじゃないですよ」

「どうこうできるかどうか、とりあえずやってみるさ。この手のトラブル処理は昔から得意なんだ」

「本当に？　もしも、あなたになにかあったら、俺、どうしたらいいか……」

自分のせいで沢内に迷惑をかけたりしたら自分で自分が許せない。

それこそ、もう二度と未来に夢を見ることすらできなくなるだろう。

「大丈夫、心配ない。引き際は心得てる。俺の手に余ったら、おまえの判断に従うさ」

じゃ行ってくる、とがっしりと誠吾を拘束したままで沢内が玄関へと向かう。

「俺も一緒に行きます」

怜治も慌ててその後を追った。

「いや、おまえは顔を出さないほうがいい。そうだな……。一時間経っても俺が戻らなかったら、携帯に連絡をくれ。俺がそれに出るならよし、もしも出なかったら警察に電話だ。いいか、絶対にひとりでは部屋を出るなよ」

大丈夫、心配ないと、もう一度繰り返して、沢内は誠吾と共に出て行ってしまった。

「一時間」

怜治はポケットから携帯を取り出して時間を確認する。

ここからもう動く気になれなくて、携帯を手にしたままその場にへたっと座り込んだ。

「……情けない」

自分のトラブルを自力で解決できないことが本当に情けない。

そして、義母と弟に騙《だま》されていたことも……。

金を返す気などさらさらないのだろうってことはわかっていたが、まさか父との結婚から詐欺《さぎ》の一環だったとは思ってもみなかった。

あの当時、家が経済的に苦しかったのは、きっと義母の借金のせいだったのだろう。

父の死因は心不全だったが、それだって今から思えば、無理して働き詰めだったせいもあるかもしれない。

(父さん、気づいてたかな?)

父が手に入れた幸せな家族が偽りだったことを……。

気づかずにいてくれたのならいいと、怜治は心から願った。

(ああ、嫌な気分だ)

騙されていたのだと知っても、不思議と怒りは湧いてこない。

今はただ自分の愚かさが情けない。

(俺は、ずっと幻想を追いかけてたんだ)

あまりにも虚しくて、もう立ち上がる気力さえない。

怜治はただじっと玄関のドアを見つめていた。

沢内が戻ってきたのは、あともう少しで一時間になろうというときだった。

玄関先でへたり込んだまま、真っ青な顔をした怜治を見て沢内は微笑む。

「なんだおまえ、ずっとそこにいたのか？」

「……怪我、してませんか？」

「大丈夫だ。どこもなんともないよ。——ほら、立て。こんなとこに座ってたら、身体が冷えちまうだろう」

腕を掴まれて引き上げられ、怜治は立ち上がる。

肩を抱かれるようにしてＬＤＫに連れて行かれて、ソファに座らされた。

「コーヒーと酒、どっちがいい？」

「酒——日本酒じゃなくて、ブランデーのストレートがいいです」

「はいはい」

グラスふたつにブランデーを注ぎ、それを手に沢内は怜治の隣に座った。

「ほら、注文通りだ」

「どうも。……それで、どうなりました？」

情けなさのあまり沢内の目をまっすぐ見ることができない怜治は、両手で持ったグラスの中身を見るともなく眺めている。

「大丈夫、一応は丸く収まった。おまえの弟……じゃなかったんだっけな。誠吾だっけか？　あいつが連れてきた奴ら、かなり質の悪い業者っぽかったが、そういう奴らは得てして警察沙汰になるのは避けるもんだ。だから、そこを突破口にした。――こいつがカモにしようとしている奴は、恐喝に屈するぐらいなら警察沙汰も辞さない強い覚悟で、警察に提出するための証拠も準備ずみだ。訴えられたらあんたらも困るんじゃないか？　ってな」

もとはといえば、誠吾が作った借金なのだから、本人が返すのが筋だ。そのための道筋をこっちでつけるから、このまま黙って引いてくれないかと沢内は頼んでみたのだと言う。

「でも、あの誠吾が自分で返すとは思えないんですが……」

「そう思って、強制的に支払いをさせるために知り合いに預けてきた。――タコ部屋って知ってるか？」

「知ってますけど……。逃げられないよう、ほぼ監禁状態で労働者を強制的に働かせる違法就労宿舎のことですよね？」

「まあ、そんな感じだ。俺が知ってるところは、法的にはぎりぎりＯＫのラインらしい。とはいえ、実際のとこ、借金を払い終えるまでは逃げられないだろうけどな」

沢内のかつての施設仲間の中に、その手の仕事に係わっている者がいる。

その人物に連絡をつけ、前払いの賃金と引き換えに、その人物の仲間に誠吾を引き渡すことになったのだと沢内は言った。

「で、その金は街金の奴らにそっくりそのまま渡して、誠吾の借金は完済だ」

「じゃあ、誠吾は前払いしてもらった賃金のぶんだけ働かないと自由にはなれないってことですね？」

「まあな。親が金を払ってくれるんなら、早々に解放されるだろうが……。さて、どうなるか……。——ああ、それと、街金の奴らがおまえに関する情報を勝手に調べてたようだが、それもすべて破棄してもらうことになってる」

「信用できるでしょうか？」

「そこは大丈夫だろ。絶対に恐喝には屈しないって宣言してる奴を下手《へた》に突《つつ》いて、やぶ蛇《へび》になるのは向こうだって困るんだ。それに——嫌な話だが——奴らにとってのカモは、待ってさえいれば、次から次へとやってくるからな。この件にこれ以上の手間と時間をかけたところで奴らにとっては損にしかならない」

誠吾の借金を回収し終えた段階で、彼らにとってこの懸案はすでに終了しているのだ。

「そう……ですか」

怜治はほっと溜め息をつく。

そして一口ブランデーを飲んでから、今度は重い溜め息をついた。

「誠吾は、更正すると思いますか？」

「……正直なところを言ってもいいか？」

「どうぞ」

「あれがまともになるのは、かなり難しいだろうな。……俺が知る限りの話だが、まっとうに生きられなくなっていく人間には何種類か傾向がある」

両親の離婚や家族離散等の環境の変化についていけずに歪んでいく者、友達関係の歪みに引きずられておかしくなっていく者、生来の心の弱さからほんのちょっとした失敗に耐えられずに道を踏み外していく者……。

「元々まともな奴は、それなりに痛い目を見て正気に返ることもある。血縁者や友人に説得されて引き戻される奴もいるな。で、ごくたまにだが、根っこから歪んでる奴がいる。生まれついての性格か育った環境の影響か、暴力や盗みといった犯罪行為に対する罪の意識のボーダーラインが、普通よりずっと低い奴が……。——誠吾はそのタイプと見た」

犯罪行為に手を染めても、周囲のみんなもやっているからと、一切罪悪感を持たない。常識的な善悪の区別を持たないから、むしろ自分は賢く立ち回っているのだとさえ思っている。

「俺と一緒に育ってた頃は、無邪気で可愛い子だったんですけどね」

「そうか……」

再び重い溜め息をつくと、ぽんっと頭の上に手が乗った。

「俺が知ってる中じゃ、あれはまだ可愛げがあるほうだ。若いし、更正の可能性がゼロってわけじゃない。おまえのほうに情に流されて失敗しない自信があるなら、戻ってきたあいつを叱りとばして、まっとうな道に戻すよう教育することだってできるかもしれないぞ」

俺も協力してやるからと、沢内が怜治を気遣うように微笑む。

その微笑みに、怜治は少し胸が痛んだ。

(この人ならそうするんだろうな)

自分を裏切った相手であっても、それを許すだけの強さがある。

だが、怜治には無理だ。

そこまでの強さの持ち合わせはないし、そんなゆとりもない。

「……誤解です」

「ん？」

「俺は、誠吾のことなんてこれっぽっちも心配してません」

怜治は、はっきり言った。

「借金を払い終えて自由になった誠吾が、また俺の前に現れるのを恐れているだけです」

たぶん誠吾はすぐに自由になるはずだ。

義母は、誠吾を溺愛《できあい》していたから……。

「街金の人達と違って、たぶん今のあいつにとって俺は貴重な金蔓だ。自由になったら、きっとまた来るんじゃないかって……」

警察沙汰にしたとしても、たぶん同じことだっただろう。恐喝未遂程度でそうそう長期間拘束されるわけもなく、誠吾はすぐに自由になるはずだ。そうなったら、おまえのせいで酷い目にあったと逆恨みされて、つきまとわれることになっていたかもしれない。

周囲への迷惑を思えば、誠吾が身動きとれずにいるこの隙《すき》に、会社を辞めて住居を引き払い、見つからないよう完全に消息を絶ってしまうのが一番いい。

「でも、あいつさえ更正してくれれば、そんなことしなくてもよくなる。ちょっとだけ、そんな期待をしただけなんです」

「……そうか」

「そうですよ。あんな奴、この先どうなろうと俺の知ったことじゃない。どっかでのたれ死んでも一向に構わないぐらいです。……俺は、まだ小さかった弟と一緒に遊んでた日々を、ずっと、ずっと、本当に大切に思っていたのに……」

一緒に暮らしていた頃の記憶は、怜治にとって宝物だった。

あの幸せな日々をもう一度と、未来に夢を託して、今を懸命に生きてきた。

だが、もうなにもかもが虚しい。

(けっきょく俺は、いま目の前にある現実を見てなかったんだ)

過去に拘《こだわ》り、未来を夢見てばかりで、今をないがしろにしてきた。

ただがむしゃらに頑張りさえすれば、未来にいいことがあると信じていた。

未来の幸せばかりを夢見て、今の自分が幸せになることを考えていなかった。

なにか変だと思っても、幸せだった頃の弟の幻想に囚われるあまり現実を直視せず、目の前にいる弟の正体から目をそらし続けていた。

「……情けない」

酷く落ち込んでうなだれたら、ぽんぽんと軽く頭を叩かれた。

「随分と凹《へこ》んでるなぁ。らしくないぞ」

「らしくない？　どんなだったら、俺らしいんですか？」

「どんなって……。そうだな。騙しやがってと怒り狂うか、こんなのたいしたことないですって強がるか。そんな感じじゃないか？」

「……さすがに、今は無理です。もう意地を張る気力も残ってません」

ふふっと自嘲気味に小さく笑って、ずっと手の中で温めていたグラスを一気に呷《あお》る。

ストレートのブランデーを流し込まれたほぼ空の胃がふわっと熱くなった。

「ほら。お代わり」

空になったグラスをテーブルに置くと、すかさずまだ手つかずだった沢内のグラスを手渡される。

どうも、と怜治は素直に受け取った。

「酔っぱらう前に、頼み事をひとつついいですか?」

「なんだ」

「なるべく早めに次に住む場所見つけて、この部屋を出て行ってください」

「おいおい、いきなりだな。俺がいると、ボディガードにもなるし便利じゃないか?」

「そうですね。……でも、もういいんです。……俺、会社辞めて、誰も知る人がいない、どこか他の土地に移ります。誠吾がまた来る可能性がある以上、もうここにはいられませんから……」

弱気になって逃げ出すなんて、負けず嫌いの怜治にとっては我慢ならないことだった。

(でも、もう仕方がない)

脅迫には屈しないつもりだが、向こうが今回の件で逆恨みして、ネットで誹謗《ひぼう》中傷を拡散するなど、周囲を大きく巻き込むような嫌がらせをしかけてきたら耐えられる自信がない。

「自分ひとりのことだったら平気でも、周りの人まで迷惑を被るのはどうしたって耐えられそうにないし……」

こうして弱音を口にすることもまた、普段の怜治からは考えられないことだ。

(我ながら、弱ってるなぁ)

重い溜め息をついたら、いきなりコツンと指先でこめかみを小突かれた。

「弱気になるんじゃねぇよ。そのときは、また俺がなんとかしてやるから」

大丈夫だと、沢内が明るい調子で告げる。

その言葉に、胸がきゅっと痛くなった。

（ああ、そっか……。俺、沢内さんがこんなふうに言ってくれるのを期待してたんだ）

普段は決して口にしない弱音が口から零れるのは、きっとそのせい。

沢内相手なら、弱音を吐いても大丈夫。

こうして弱音を吐いてぐずっていれば、きっと沢内は自分を安心させてくれる言葉をくれるだろうと……。

（甘えてるのか）

無意識のうちに誰かに甘えるだなんて、子供の頃以来かもしれない。

「……ずっと俺の側にいてくれるんですか？」

「いるさ。おまえに追い出されなきゃな。――俺はおまえに惚れてるんだって言っただろ？」

「ホントに？　今日の俺を見て、嫌になってませんか？」

怜治は沢内の視線から逃れるように俯き、手の中のグラスに視線を落とした。

「カモにされてるってのがわかってても、ずるずる弟に金を渡すようなだらしない奴なんですよ？　それも、弟が可愛かったからじゃない。たったひとりの身内との縁が切れるのが怖かったから、ただ繋ぎ止めようとしてただけなんです。そんな自分を認めたくなかったから、往生際悪く現実から目をそらそうとさえしてた。……けっきょくのところ、あいつが脅迫者になるのを助長させたようなもんです。――本当の俺は、卑屈で小心者だ」

いきなり上司に怒鳴りつけるイキのよさが気に入ったと沢内は言っていたが、それだって、上司との一蓮托生《いちれんたくしょう》で、自分の立場まで悪くなると焦っての逆ギレだ。

あくまでも自己保身から出た言動に過ぎない。

「俺の外見が好みだって言ったって、いつまでも今のままでいられるわけじゃない。そこらの女の子達より綺麗だと言われているうちはいいかもしれないけど、年を取って衰えたら興味を持てなくなるかもしれないじゃないですか」

女の代用品としての価値がなくなってしまったら、本来ゲイではない沢内にとっての自分は、まったく魅力を感じない存在になってしまうだろう。

怜治は、それも怖い。

「一時の気の迷いで口説いてるんなら、お願いだからもうやめてください。その気にさせられてから突き落とされるのはゴメンです。……それに耐えられるほど俺は強くない」

あまりにもあっけない別れに呆然としたものの、仁志との関係が終わっても比較的ダメージが少なかったのは、自分の中にある仁志への想いから必死で目をそらし続け、仁志に恋をしていることを怜治自身が決して認めようとはしなかったから。

そして、仁志が自分に恋することはないと最初から知っていたからだ。

でも、今回のこれは違う。

今の自分に沢内が好意を持ってくれていることを、怜治はもう知っている。

そして、自分が沢内に恋をしていると、もう気づいてしまった。

好かれているという安心感から、無意識のうちに甘えてさえいる。

このままうっかりその気になって調子に乗ってしまった後で、やっぱりもう無理と言われたら、それこそ本当に立ち直れない。

惚れていると沢内が言ってくれているのに、それを素直に信じることができないのは、やはり怜治が弱いからだ。

拒絶されるのが怖いのに、わざわざ自分のマイナス面をさらけ出して、こんな人間でも好きなままでいられるかと確認せずにはいられない。

（……返事を聞くのも怖い）

緊張のあまり手が震えて、グラスの中のブランデーに細かな波紋が広がる。

沢内の返事に怯《おび》えている自分が情けなくて、ぐいっと波紋ごとブランデーを飲むと、小さく笑う沢内の声が聞こえた。

「……なに笑ってるんですか」

（人が真剣に話してるのに……）

怜治がムッとして睨みつけると、沢内はニヤニヤしながら言った。

「いや、えらい弱ってるなと思ってさ」

「俺が弱ってるのが楽しいんですか？」

「そりゃ楽しいさ。――今は俺のせいで弱ってるんだろ？」

最高じゃないかと笑う沢内を見て、怜治はがっくりうなだれる。

「ＳＭの趣味はないって言ってませんでしたっけ？」

「そういう意味じゃない。さっきも言っただろ？　俺の理想はあの老夫婦だってさ。――おまえとなら、きっとあんなふうになれる。そう確信できたから喜んでるんだ」

「……でもイキのいいのが好みなんでしょう？　俺、弱っちいですよ」

「そんなこと、最初からわかってたさ。弱さを虚勢で隠して、意地を張ってるところがたまんねぇんじゃないか」

きゃんきゃん吠える小型犬みたいで可愛いと沢内が言う。

「虚勢って……」

まさにその通りなのだろうが、はっきり言われるとさすがにむかつく。

ムッとした怜治の頭を沢内がぽんぽんと撫でる。

「そう怒るな」

「あのな、怜治。最初から強い奴なんていないし、誰だって本当はそんなに強くないんだ」

「でも、あなたは強いじゃないですか」

「おまえには、そう見えるか？」

「見えます」

怜治は深く頷く。

「処分覚悟で告発なんて、普通の人にはそうそうできませんよ」

「普通はそうかもな。だが俺の場合、守るものがなにもないからなぁ」

「え？」

「徒手空拳だ。だから、思い切ったこともできた」

家族も財産も名誉もなにもないと沢内は笑う。

「それを言うなら、俺だってそんなものないですよ」

あるのは見栄やプライドばかり。

自分の弱さを認めることができなかったから、ずっと意地を張って、虚勢を張って強気なふりで生きるしかなかった。

だが沢内は、違うのだ。

自らを守る盾も持たず、足場にも頓着《とんちゃく》せずに、ひとりで飄々《ひょうひょう》と立っていられる。

「なにも持ってないから持ってる人を羨んで、いつか自分もそれを手に入れてみせるってことばかり考えて……。目の前の人参《にんじん》ばかり追っていたから、自分の足元がスカスカだってことにすら気づかなかった」

そしてそれに気づいた今、怜治はそんな自分の愚かさにすっかり気力をなくし、目の前に突きつけられた不安定な足場に怯えて足を竦《すく》ませている。

だからこそ、沢内は強いと思うのだ。

「我が身ひとつで堂々と立ってられるってこと自体が強さだと思います。——自分ばっかり狡い」

怜治は軽く膨れた。

「狡いって言われてもなぁ」

素直に愚痴《ぐち》る怜治を見て、沢内は楽しげに目を細める。

「じゃあ、これならどうだ？　——おまえが俺を強いと思うのなら、その余分な強さのぶんでおまえを支えてやるよ」

「……そんなこととして、あなたになんの得がありますか？」

「損得の問題じゃないんだが……。あえて言えば、おまえの溜飲をちょっとばかり下げさせることができるかな？」

「え？」

「おまえを支えれば、この手は空じゃなくなる。守るものができるってことだからな。そのぶん、俺は今までより自由には動けなくなるし、弱くもなる。——どうだ？　ちょっとばかり嬉しいんじゃないか？」

「そんなの……」

嬉しくなんかないと、そんな強がりは言えなかった。

（嬉しいに決まってるじゃないか）

自分の嫌なところを全部さらけ出しても、沢内はそんなことにはまったく頓着しない。

それどころか、卑屈になって拗《す》ねる怜治に、ほら、この手に掴まれと、手を差し伸べてくれている。

これで嬉しくないわけがない。

それでも怜治は、口を閉ざした。

「なんでそこで口ごもるんだ？」

泣き笑いのような表情を浮かべて黙り込んだ怜治を、沢内は愉快そうに眺めた。

「嬉しいなら嬉しい。嬉しくないなら嬉しくないと、はっきり言えばよさそうなもんなのに」

「……そんなこと言えませんよ」

これでは、おまえに勝たせてやるよと、花道を譲られているようなものだ。

そんなのは本当の勝ちじゃないと、この期《ご》に及んで負けず嫌いの血が騒ぐ。

「おまえのひねくれ具合はどうもわかりにくいな」

「そう簡単にわかられてたまるもんですか」

（ホントは単純だと思うけどな）

ただ、怜治と沢内では人間としての性質が違いすぎるだけ。

直線的な思考の沢内には、怜治のひねくれ具合をすんなりトレースすることが難しいのだろう。

「まあいいか。そのうち自然にわかるようにもなるだろう」

「そのうちっていつですか？」

「五年後か十年後か……。それとも、共白髪《ともしらが》になる頃か」

「そんなに先ですか」

沢内のビジョンの先の長さに、怜治はほっと息を吐く。

それを溜め息と勘違いしたのだろう。

「気長すぎるか？」と、また外したかと残念そうに沢内が聞いてくる。

「いえ、逆です」

「ん？」

「安心したって言ってるんです。――俺は、一生かけて、あなたの足を引っ張ってやるつもりですから」

覚悟しといてくださいと宣言すると、沢内は嬉しそうな顔になる。

「一生か。そりゃいいな」

「本当にいいんですか？　俺はかなり重いし、たぶんしつこいですよ」

「望むところだ。俺にとっちゃ、ちょうどいい重さだ。これで俺も、やっと地に足のついた生き方ができるってもんだからな」

「調子いいこと言って……」

今まで気楽に生きてきた沢内にとって、自分の存在は重しどころか足枷《あしかせ》にもなる可能性がある。

自由に動けない息苦しさに後悔する日がくるかもしれない。

（そのときは、足じゃなく、背中にしがみついてやろう）

足を引っ張るんじゃなく、荷物になってでもついていく。

耳元できゃんきゃん騒いで、ほら進めとハッパをかけながら……。

「後で後悔しても知りませんよ？」

「後悔なんかしないさ。俺にとっちゃこれで望み通りなんだ。おまえこそ大丈夫か？——おまえ相手に本気になるまで自分でも知らなかったんだが、どうやら俺はけっこう嫉妬深い質らしい。もしかしたら、けっこう束縛しちまうかもしれないが……」

「平気ですよ。俺はそんなのに負けませんから……。調子いいことを言って俺をその気にさせたんだ。あなたには最後までその責任を取ってもらいます」

怜治が威張ってそう言うと、「お、調子が出てきたじゃねぇか」と沢内が茶化す。

「あなたが、俺を調子に乗せてるんですよ」

ついさっきまで、今までの人生で積み重ねてきたものを全部放り出しかねない勢いで凹んで、無気力だったのが自分でも信じられないほどだ。

(俺ひとりだったら、きっとこの状況に負けてた)

未来に待ち受けているかもしれない不安に負けて、現実の生活すべてを放り出して逃げ出していた。

でも今ここには、自分を引き止めて励ましてくれる人がいる。

大丈夫だと微笑みかけ、手を差し伸べて安心させてくれる人が……。

(――これが、今の俺の現実だ)

なんて幸せなんだろう。

胸がふわりと温かくなり、目頭《めがしら》も熱くなる。

何度も瞬きして必死で涙を堪えながら、怜治は素直な気持ちを口にする。

「本当に、心から感謝してます」

それでも、この幸せな状況が、なにもかもすべて沢内によってお膳立てされ、その手の平で転がされているようで、ちょっとばかり面白くない。

せめて、プロポーズぐらいは自分の意志でしっかりやり直しておきたい。

しつこいようだが、怜治は負けず嫌いなのだ。

「だから感謝の気持ちとして、特別にあなたを、俺の人生の相棒に選んでやらないこともないですよ?」

「そりゃありがたいな」

恩着せがましいこの言葉に、沢内は苦笑して怜治の頭にぽんと手の平を乗せた。

「名前で呼んでもらえたら、もっと嬉しいかな」

「えっと……貴史《たかし》さん?」

「いいね。それでもう一回頼む」

「もう、しょうがないですね。——貴史さん、俺の人生の相棒になる気はありますか?」

「あるある。大ありだ」

是非、よろしく頼む、と頭の上に乗っていた沢内の手が後頭部に移動して、ぐいっと引き寄せられ、怜治の唇に沢内の唇が軽く触れる。

「特別に、よろしく頼まれてあげますよ」

偉そうに応じた怜治は、更に深いキスを求め、腕を伸ばして沢内を引き寄せた。

7

元気が出たんならまず飯を食えと、昼からなにも食べていない怜治のために沢内が焼き飯を作ってくれた。

典型的な男の料理で、野菜の切り方も雑だし、油の量も多すぎて一部焦げ目までついていたが、それでもとても美味《おい》しかった。

なんであんなに美味しかったのだろうと、食事の後、のんびり湯船に浸《つ》かりながら怜治はぼんやり考える。

（やっぱり、幸せだからかな）

ずっと長い間、怜治の中で一番美味しいものは、家族四人で食べる義母が作ったお弁当だった。

もちろん、真実を知った今となっては、思い出すだけで苦いものが胸一杯に広がるものになってしまったけれど……。

（味覚じゃないんだ。自分にとって大切な人が、自分のために作ってくれたってことが大事なのか）

その事実が、きっとなによりの調味料。

そんなことを考えていた怜治は、ふと照れ臭くなった。

「大切な人だって……」

誰に見られているわけでもないのに、赤くなった顔が恥ずかしくて、ぶくぶくと湯船に顔を半分埋《うず》めてみる。

(だって、これがはじめてだし……)

はじめての恋は、打ち明けることもできずに消えてしまった。

二度目の恋は、恋と自覚することを自分に許してあげられないままに終わった。

そして、これが三度目。

(三度目の正直? ……って、そんなのはまりすぎだ)

でも、そうであればいいと心から思う。

はじめての両思い、そして、はじめての恋人。

この出会いが、お互いに必要不可欠なものであったと、いつか懐かしく思い出せるようになればいい。

(そうだよ。これがはじめてなんだ)

今夜は、恋が成就してのはじめての夜。

誰かの身代わりではなく、本当に自分を好きだと思ってくれる人に、怜治ははじめて抱かれることになる。

そして、素直に好きだと認めることができる相手に抱かれるのも、これがはじめてで……。

「……うわあ、なんか焦る」

照れ臭くて、気恥ずかしい。

と、同時に、まるで子供のようにわくわくしている自分もいる。

期待と興奮にどきどきとやけに鼓動が激しくなって、妙に息苦しい。

怜治は再びぶくぶくと湯船の中に顔を沈めていった。


風呂から上がった怜治は、灯《あか》りを落としたままのリビングのソファで、ひとりチビチビとブランデーを飲み続けていた。

（……なんで今日に限って酔わないんだ？）

飲み過ぎると、べろんべろんに酔うよりも、とにかく眠くなるほうだ。

今夜もそれを望んで飲み続けているのだが、困ったことに酔いばかりが回って、全然眠くなる気配がない。

「……もう一杯」

トクトクとグラスにブランデーを注いでいると、「怜治、いるのか？」と怜治と入れ替わりに風呂に入っていた沢内がドアを開けて、リビングの灯りをつけた。

「なんで、真っ暗にしてたんだ?」

「……そういう気分だったんです」

真っ暗なほうが眠気が早く訪れるのではと期待したのだが、残念ながら効果はなかった。

「変な奴だな」

微笑みながら歩み寄ってきた沢内が、テーブルの上のブランデーの残量を見てギョッとする。

「さっき見たときより随分減ってるぞ。半分近くひとりで飲んだだろう。大丈夫か?」

「大丈夫ですよ。二日酔いになっても、明日は休みだし……」

「それもそうか……。でもまあ、それだけ飲めばもう充分だろう? 一緒に寝室行こうぜ」

「まだ充分じゃないんで、もう少しここで飲んでます。——眠いんなら、お先にどうぞ」

「俺が眠くて寝室に誘ってると思うのか?」

「……違うんですか?」

「当然違う。いちゃつこうって言ってるんだよ」

「それならもう少し後で……。まだ飲みたいんです」

「そうか、しょうがねぇな」

ここでもいいかと、唐突に隣に座られて、ビクッとした怜治は沢内とは反対側の肘掛けにぴったり身体をくっつけた。

「なに離れてんだ?」

「ここでは、ちょっと……。大事なソファを汚したくないし……」

「汚さない程度にいちゃつけばいいだろうが」

キスぐらいさせろと、沢内の手が伸びてくる。

怜治はその手から逃れるため、思いっきり背を反らせた。

「びびってるのか?」

「び、びびってなんかいませんよ」

「それならなんで逃げる? 俺達は末永くよろしくってことで、正式に話がついたばかりの恋人同士だろうが。いちゃつきたいとは思わないのか?」

(末永くよろしくだって……)

今さらだとは思っても、そのフレーズがなんとも照れ臭くて、怜治はかあっと顔を赤くする。

「別に……。今さらだし」

本人的にはつんとすまして言ったつもりだったのだが、微妙に声が震えている。

突っ込んでくれと言わんばかりの怜治の狼狽えように、沢内は小さく苦笑した。

「なんだおまえ、もしかして照れてるのか?」

「ち、違いますよ。……酔ってるだけです」

もちろん図星だったが、それでも怜治はしつこくとぼけた。

いざとなると、身体だけの関係と割り切っていたときとは違う緊張感にどきどきしてしまって、いつものように沢内と向き合える自信がない。

不自然に狼狽えたり、必要以上に過剰反応しそうな気がして、そんな自分を持て余してしまっているのだ。

だが、怜治の性格上、素直にそれを口にすることはできないし、照れていると知られることも自体恥ずかしいので、なんとかしてこの場から逃れたかった。

酒の力で無理にでも眠ってしまえば、とりあえず今晩はなんとかなると思ったのに、どきどきと興奮しすぎていたせいか、全然眠くなってくれない。

(ああ、もう)

ひとり焦っている怜治を、「嘘つきだな」と沢内が笑う。

「ホントです！　普段は酔う前に眠くなるからここまで酔ったりしないんです。でも、今日に限って全然眠くならないから、けっこう飲んじゃってるし……。こう見えて俺、すっごい酔ってますから！」

これは本当で、妙に頭がくらくらしてるし、微妙に身体も怠《だる》い。

顔が赤いのだって、二割ぶんくらいは酔っているせいもあるはずだ。

「なるほど、その酒は睡眠薬代わりだったか……。なにを照れてるんだか知らないが、大事な恋人をひとり残してぐーぐー寝ようってのは、ちょっとばかり冷たいんじゃないか？」

「冷たいって……」

そんなつもりじゃないと言い訳するより先に、沢内が立ち上がり、怜治の手からひょいっとグラスを取り上げてしまう。

「……あ、まだ飲みます。返してください」

「ちょっと待ってろ」

手を差し伸べる怜治にそう言うと、沢内はグラスの中身を全部口に流し込み、屈《かが》み込んで怜治の首をがしっと後ろから摑むと、その唇に唇を押し当てた。

「んっ……んん」

ブランデーを口移しで大量に注ぎこまれ、強制的に飲まされる。

「よし、全部飲んだな」

「ひ、ひど……」

むせた怜治が唇の端から零れたブランデーを手の甲でぬぐっていると、ボトルを手にした沢内に「まだ飲むか？」と聞かれて、びびって首を横に振る。

「そうか。もう充分ってことだな。——よし、じゃあ寝室に行くか」

抵抗する間もなく、怜治はひょいっと沢内の肩に担ぎ上げられた。

「え、ええ？　ちょっ、なんの真似ですか⁉」

「おまえが素直じゃないのが悪い。……まあ、そういうところが可愛いんだけどな」

沢内はやたらと楽しげな様子で怜治を担いだまま寝室まで行くと、ベッドの上に怜治を放り出した。

「さてと、初夜を楽しむとするか」

「しょ、初夜って……」

怜治は赤くなって狼狽えながら起き上がろうとしたが、その前に沢内に乗っかられて押さえ込まれる。

「沢内さん、駄目、待って……」

「貴史だ。これからは貴史って呼べ」

じたばた暴れる怜治の耳元で沢内が囁《ささや》く。

その低い声の響きに、怜治は思わずぶるっと身を震わせた。

「た、貴史さん、待って。俺、まだ心の準備が——」

できてないという言葉を封じるように、沢内の唇が怜治の唇を塞《ふさ》ぐ。

「ん……ふ……」

逃げようとした舌を搦《から》め捕られ強く吸われて、沢内の厚い肩を押し戻そうとしていた怜治の手から力が抜ける。

口腔内の弱いところを探られ、角度を変えてまた深く口づけられる。

少し乱暴で、でもそれ以上に甘いキスに怜治はすぐにとろんと酔った。

「よし、大人《おとな》しくなったな」

長いキスの後、ふにゃっとなった怜治の唇についた唾液を、その親指でぐいっとぬぐってやりながら沢内が微笑む。

「どうしても照れて駄目だっていうんなら、今晩だけは勘弁してやるよ」

「……え？」

「ただし、今晩だけだ。明日になったら、どんなにおまえが嫌がっても抱く。俺の我慢にも限界があるからな」

今晩中に心の準備とやらを終わらせておけよと笑みを含んだ声で呟きながら、棚の上のリモコンに手を伸ばして部屋の灯りを小さくした。

そして布団を肩まで引き上げると、もう一度唇に軽いキスをしてから怜治を抱き寄せる。

抱き寄せられた怜治はもぞもぞと身動きして、こうしておけばたとえ薄暗がりの中であっても顔を見られずにすむと、沢内の肩口にぴったりと顔を押し当てた。

「あの……決して嫌がってるわけじゃないですから……」

そこだけはなんとしても伝えておかなければと、怜治は小さな声で言った。

「大丈夫だ。そこはちゃんとわかってる。……ただ、なんでそんなに照れてるのかはわからないがな」

「それは……その……はじめてなんです」

「なにが？」

「恋人に抱かれるのが……。だから、なんか無性に恥ずかしくて、どうしていいかわからなくなっちゃって……」

ぼそぼそしゃべる怜治の頭を撫でつつ、馬鹿だなと沢内が言う。

「素直に可愛がられてればいいだけのことじゃないか」

「それができないから困ってるんですけど……」

自分ひとりが恥ずかしがったり照れたり緊張したりするのが、どうにもこうにも負けたみたいで面白くないのだ。

（沢……じゃなくて貴史さんが照れてもじもじしてたら、それはそれで気持ち悪いけど……）

今はどんな顔をしてるのかなと気になって、怜治はそっと顔を上げた。

すると、沢内はやたらと嬉しそうな顔で怜治の髪を撫でていた。

（……だらしない顔）

でれでれしていると言っても過言じゃないその表情に、怜治はちょっと呆れた。

でも、それ以上に優越感を覚える。

（俺のせいでこんな顔になってるんだもんな）

これなら、一勝一敗ってことにしてやってもいい。

というか、負けてもいいから、あのでれっと幸せそうに細められた目元にキスしたい。

「お？」

怜治がもぞもぞとずり上がってその目元にキスすると、沢内はもっともっとだらしない顔になる。

「なんだ？　やる気になってきたか？」

「そうですね。……ちょっとだけなら、相手してあげないこともないですよ？」

「そりゃありがたい」

（最初のうちは、だらしない人だって小馬鹿にしてたのにな）

なのに今は、そのだらしなさが好ましい。

（……やっぱり、俺の負けか）

怜治は幸せな気分で負けを認めると、でれっと嬉しそうに微笑む恋人の唇に自分からキスをしていった。


何度関係を持ったか数えることすらできないぐらい経験を積んだから、沢内の男の身体を開く手順も手慣れたものだ。

「いい感じにほぐれてきたな」

ノリノリで関係を持つようになったときに、沢内がどこからか調達してきたジェルを使って怜治の身体をその指で無理なく開き、その内壁の感覚を楽しむようにかき回す。

「……んっ、も、欲しい」

腰を揺らしてその指の感触を楽しみながら、怜治は頷いた。

「よし、じゃちょっとだけ待ってろ」

指を引き抜いた沢内が、律儀《りちぎ》にスキンへと手を伸ばす。

怜治は少し怠い身体を起こして、沢内の手からそれを奪い取った。

「今日は特別に俺がつけてあげます」

「サービスいいな」

ふふんと微笑んで封を開けようとすると、その手を沢内が止めた。

「どうせなら、生でやらせてくれよ」

「え、でも……その……気持ち悪くないですか？」

「今さらなに言ってやがる。気持ち悪いわけあるか。男だったら、好きな奴の中に生で出したいに決まってるだろ」

「そ……うなんですか」

好きな奴というフレーズに、怜治はかあっと赤くなる。

「なんだ、その顔。照れてるのか？」

「ち、違います」

嬉しそうにからかう沢内のでれっとした顔や、いちいち反応してしまう自分が無性に恥ずかしくて、怜治は両手で乱暴に沢内の胸を押してベッドに押し倒した。

「おいおい、なんの真似だ」

「スキンをつけるサービスをし損ねたぶん、違うことでサービスしてあげます」

「お、上に乗ってくれるのか？」

「はい」

今までは沢内の手で強引に引き起こされて結果的に上になったことはあっても、最初から自分で乗ったことはない。

怜治の頭の中にはいつも沢内はゲイじゃないという意識があったから、男から上に乗っかられるのは嫌なんじゃないかという遠慮もあった。

だから必要とされない限りはこちらから能動的に動いたりはせず、なるべく沢内が自分の望むペースで行為を進められるようにしてきたのだ。

「あの……こういうのお好きですか？」

勢いに乗って押し倒してはみたものの、ちょっと不安になって聞くと、「当然、大好物だ」と沢内が答える。

「恋人はエロイほうがいいに決まってるだろ？」

早く来いよと、寝転がったままの沢内が両手を広げる。

「さっきも言いましたが、今日は特別ですからね」

口では偉そうなことを言いつつも、怜治は嬉々《きき》として沢内の腹にまたがって、嬉しそうな恋人の唇にキスを落とした。


熱いものの位置を後ろ手で確認しながら、腰を浮かせてゆっくりと呑み込んでいく。

「ん……はあ……いい……」

ぐぐっと腰を落とす度、甘い痺《しび》れが身体に広がり、触れられてもいない怜治自身からはじわっと先走りの雫《しずく》が零れる。

根本までじっくり収めると、いったん動きを止めて、深く甘い息を吐く。

「……っ……。やっぱ生はいいな。うねってる感じがリアルにわかって最高だ」

沢内が嬉しそうに言う。

「おまえもやっぱり違いがわかるか？」

「……ん。ゴムより、生のほうが……ぴったりしてる感じ……」

それに、包み込んだそれの感じがいつもより大きいような気もする。

（貴史さん、本当に喜んでくれてるんだ）

恋人の喜びの大きさと熱さを中で感じられる幸せに浸りながら、怜治はゆっくり動いた。

まずは馴染ませるようにゆうるりと腰を揺らし、やがて沢内の腹に両手を当てて腰を浮かせてまた落とし、何度も抽挿を繰り返す。

怜治は好きなだけ自分のいいところにそれを擦りつけ、締めつけて、その熱さと硬さを楽しんだ。

「あ……ああ……貴史さんの……熱くて、おっきくて……気持ちいい……」

素直に声に出して喘《あえ》いだら、煽られたのか中のものが脈打ち更に硬くなる。

自分の痴態《ちたい》に沢内が喜んでくれているのだと思うと余計に感じた。

無我夢中でそれを味わうために激しく動くと、それに応じてベッドのスプリングも揺れる。

得も言われぬ喜びに、ふわふわとまるで宙に浮いているようで、なんとも言えない心地よさだ。

「怜治」

目を閉じ、じわじわと腰のあたりから迫《せ》り上がってくる甘い痺れを心ゆくまで楽しんでいると名を呼ばれた。

目を開けると、愛《いと》おしげに見つめる男の顔。

「……貴史さん」

微笑んでその名を呼ぶと、ただそれだけでずくんと身体の奥が甘く痺れる。

きゅうっとそこが収縮して、内にある沢内の熱をより一層リアルに感じられる。

「っ……。今日は、いつにもましてすげぇな」

と同時に、怜治の腰を支える沢内の手にぎゅっと力が入り、うわずった声が聞こえてくる。

「ね？　俺の身体……いい？」

「ああ、最高だ。狭くて柔らかくて熱くて……。それになにより、こうして感じてるエロイおまえの姿にそそられる」

「うれしい」

自分のこの身体で、沢内を心から喜ばせてあげられることがなにより嬉しい。

「……ん……貴史さん」

怜治は愛しい男の腹から胸へと、その張りつめた皮膚の感触を楽しみながら手の平を滑らせていく。

やがて指先に触れた引っかかりを、きゅっと親指と人差し指でつまんでみた。

「――んっ」

一瞬、ビクッとした沢内は、そんな自分の反応に照れたようだ。

「よくもやったな」

「ふあっ！」

仕返しとばかりに下から強く突き上げられ、ずくんと広がっていく甘い痺れに、怜治は熱い息を吐く。

そのまま、何度も突き上げられ、がくがくと強く揺さぶられて、一気に追い立てられた。

「……あ……あ……あ……も……だめ……だめ……」

いつもだったら一緒にと考えるところだが、そんな余裕はもうない。

奥深くを穿《うが》つ熱を強く締め上げながら、息を詰めてその瞬間を待つばかりだ。

「あ……も……、も、いくっ――!!」

ビクビクッと痙攣《けいれん》する身体。

しなやかに背を反らせて、怜治は熱を放った。

「あ……はあ……」

放った衝撃と深い喜びに意識が朦朧《もうろう》となる。

ふらっと斜めに傾《かし》いだその身体を、沢内が受けとめて胸に抱き寄せてくれた。

「怜治、愛してるぞ」

優しい声と、頬を包む手の平の温かさ。

「俺も……俺もです」

(……俺、幸せだ)

今この瞬間が、最高に幸せだ。

蕩《とろ》けそうな幸福感に包まれながら、怜治は柔らかな微笑みを浮かべて恋人からのキスを受けた。

長いキスの最中、不意に怜治の身体からくたっと力が抜けた。

「……怜治？」

名を呼んでも、怜治は目を開けない。

「まさか、寝たのか？」

まだ達《い》ってなかった沢内は、それを引き抜き、怜治の身体をベッドに横たえる。

「おい、怜治」

頬を撫で、唇を指先でむにっと押してみたが、やはり怜治の目は開かない。

うっすらと微笑みを浮かべたまま、すうすうと心地よさげな寝息を立てている。

（そういや、酔うと眠くなるって言ってたっけか……）

普段の酒量からは信じられないぐらい飲んでいたし、出したことで眠気が勝ってしまったのかもしれない。

「自分ばっかりすっきりしやがって……。ったく、どっちが狡いんだか」

苦笑した沢内は、眠っている怜治を無理に起こそうとはせず、とりあえずそのしどけない寝姿で一発抜かせてもらった。

その後、汚れた身体を綺麗にしてやってから、怜治にパジャマを着せてやる。

「明日の朝起きたら、すぐに続きをやるぞ」

覚えてろよと眠る怜治に宣言してから、布団を引き上げ、怜治の首の後ろに腕を回して抱き寄せた。

「おやすみ」

軽く触れるだけのキスをすると、その刺激で眠る怜治の唇がふっと微笑む。

「幸せそうな顔しやがって……」

あどけなくすら見えるその寝顔を、沢内もまた幸せそうに見つめていた。

8

予想通り、誠吾の借金は義母とその夫が肩代わりしてすぐに支払ったようだった。

（そういう金があるんなら、最初から借金を払ってやればよかったのに……）

他に金蔓があるのならば、そっちからむしったほうが得だと考えたのだろうか？

彼らの思考回路は、怜治にはどうしても理解できそうにない。

誠吾が自由になったとの知らせを受けたとき、また訪ねてくるのではないかと怜治は怯え、パニックになりかけたが、大丈夫だと沢内が安心させてくれた。

「俺の施設仲間が、あいつを散々脅してやったそうだからな」

沢内に頼まれて誠吾を引き取ってくれていた人が、沢内についてのあれやこれやを誠吾に吹き込んでくれたのだとか。

本気で敵に回したら、あいつは街金の奴らなんか目じゃないぐらいに恐ろしい奴だと散々吹き込まれて、誠吾はかなりびびっていたらしい。

だから、自分がここにいる限り、誠吾は訪ねてはこれないだろうと沢内は言う。

「あの手のタイプは、強い奴には近寄っちゃこないからな。——俺が側にいる限りなんの心配もない」

よかったなと得意気に言われて、ちょっとだけ怜治の負けず嫌いの血が騒いだ。

だが、それ以上にほっと安堵《あんど》している自分がいた。

「そういうことなら一生安全ですね」

つるりと素直な言葉が口から出る。

そんな自分を怜治ははじめて愛おしく感じられた。

☆

「例のパーティーって今週末よね？　準備は？」

「まだです」

坂本に聞かれた怜治は、うなだれて答えた。

今週末、海外企業と提携した新規プロジェクトの旗揚げパーティーがあり、そのプロジェクトの一翼を担うこととなる風間建材の社長である沢内は、短いながらもスピーチを依頼されていた。

「もう水曜日だけど、大丈夫？」

「……知りません。俺は自分がやるべきことはもうやってるんで。後は社長次第です」

どんなに沢内に言ってもシカトされるので、とりあえず怜治がスピーチの原案を書き上げてやって、後は沢内に手直ししてもらうだけの状態になっている。

それと、挨拶するときに困らないよう、パーティーに出席するだろう主要な役員達の写真入りのリストも用意してあり、やっぱり後は沢内に目を通してもらうだけだ。

スーツだって、超特急でどこに出しても恥ずかしくない上質なものを仕立てずみ。

なのに、肝心の本人がまったく準備をしようとしない。

どこ行ったか知りませんかと聞くと、「ごめん、わからない」と空の社長のデスクを眺めて坂本が苦笑する。

（ああ、もう‼　本当に足枷つけてやりたい！）

この際、首輪でも可だ。

がっちり太い鎖で、社長のデスクに繋ぎ止めておけたらどんなにいいだろう。

「捜してきます。……もしも入れ違いで戻ってきたら、携帯に連絡よろしくお願いします」

「了解」

頑張ってねという坂本の声に背中を押されて、怜治は工場棟へと向かった。

「あ、太田《おおた》さん、社長ならいませんよ～」

「本当ですか⁉」

日常茶飯事になっている社長と秘書の鬼ごっこを面白がっている社員達に、嘘をついてませんかと散々疑いまくり尋問しまくって最終的に辿り着いたのは、社員達の休憩スペースにもなっている社員食堂の一角だった。

腹の立つことに、そこで沢内はシフト明けの社員とのんびり将棋を指していた。

「……いいご身分ですね」

そうっと背後から忍び寄り、恨みがましく耳元で囁きかける。

沢内の相手をしていた社員は怜治の姿に気まずそうに首を竦めたが、沢内は一向に気にした様子がない。

「これでも一応は社長さまだからな。優秀な秘書のお蔭で楽できて助かってるよ」

「おだてても駄目です。パーティーに出発する前に、やることやってもらいますからね」

ほら立ってと、両腕で沢内の腕を抱え込んで無理矢理引っ張ると、沢内は渋々といった態《てい》で立ち上がった。

「続きはまた今度な」

相手をしてくれていた社員にそう言って、怜治に引っ張られるまま食堂を後にする。

社長でありながら、率先して仕事をさぼりまくるだらしない姿を社員に晒《さら》している沢内だが、社員達の信頼はいまだ揺るぎない。

むしろ、入社当時よりも一層信頼されるようになっていた。

と言うのも、沢内が社内をあちこちぶらぶらしているのが、単に仕事をさぼるためだけでなく、それなりに理由があるのだということが皆に知れ渡っているからだ。

以前の沢内の告発を受け、高木部長の被害にあった社員達に対する保証は無事におこなわれた。

だがそれは本社経由で被害を受けた者だけの話だ。

風間建材内部でも、高木部長の被害を受けて希望部署から配置転換されたり、不当な評価を与えられた者がいたらしい。

沢内は、そこら辺の細かい事情を直接社員達から聞き出して、その歪みをちょこちょこ直してくれていたのだ。

その他にも、こうしたほうが効率がいいんじゃないかという社員達の思いつきを拾い上げて実行に移したり、現場での信頼が厚い社員を勤続年数に関係なくリーダーに引き上げたりと、社長権限で一気に社内環境を変えたりもしている。

ほんのちょっとした変革なのだが、それがまたドンピシャにはまって、現場の仕事がうまく回るものだから、社員達の信頼はうなぎ上りだ。

(まあ、それはいいんだけど……)

さぼっているようにも見えて、実は仕事していたのだ。

社長としての自覚もあるんだから、これだけ取ればありがたい話だ。

が……。

（だったらなんで、それを俺に言わないんだよ）

あそこの現場が気になるから、ちょっと視察してくるとひと言言えばいいのだ。

そうすれば、怜治だって無駄に社内を駆け回らずにすむ。

広い敷地内をあっちこっち駆け回ったり、現場の社員達にしつこくあれこれ尋問したりと、怜治は日々そりゃもう大忙しなのに……。

（そのせいですっかり体力ついたし、現場の社員とも顔馴染《なじ》みになれたけどさ）

ほんのちょっとだけありがたいと思わないでもないが、それはそれ、これはこれだ。

恋人になったからと言って甘く接したりは決してしない。

むしろ、恋人だからこそ、厳しくいかせてもらうつもりだ。

（つけあがられても困るし……）

そして怜治は、日々似たような小言を言い続けている。


「今日中に出席者リストに目を通してくれって言いましたよね？」

事務所へと戻る道すがら、怜治はいつものように沢内に小言を言っていた。

「おまえが覚えてればそれで事足りるだろ」

「足りません。駄目です。それにスピーチの原稿も書いてくださいよ」

「書いてくれたんじゃなかったっけ？」

「俺が書いたのは草案。それを踏み台にして、自分の言葉で原稿書いてくださいよ」

「面倒だな。草案に目を通してさえいれば、その場で適当にスピーチできるって。わざわざ書き出すこともないだろう」

「駄目です！　うっかり失言でもしたらどうするんですか？　社運を懸けたプロジェクトのお披露目《ひろめ》パーティーなんですよ。失敗しないようちゃんと準備しないと」

わかりましたか？　と鼻息も荒く迫ると、「はいはい」と沢内が楽しげに応じる。

（……もう、これだから……）

わかっているのかいないのか、判断に苦しむ。

でも、これまでの経験上、たぶん大丈夫なんだろうなという安心感がそこはかとなくあるのも事実だ。

沢内ならば大丈夫。

普段は適当でも、締めるところはきちんと締めてくれるだろうと……。

「もうちょっと、仕事に身を入れて欲しいんですが……。どうしたら仕事してくれます？」

「そうだな。社長室を使わせてくれたら、もうちょっと仕事するようになるかもな」

「それは駄目だと言ったでしょう」

以前、高木に占拠された社長室が返還されたときはその使用を拒んだのに、最近の沢内は社長室を使いたいと言い出すようになった。

だが、そんなこと許せるわけがない。

社員達の目がある事務所にいてさえろくに仕事もせず、暖かな日差しを背中からぽかぽか浴びて昼寝しているぐらいなのに、社長室でひとりなんてことになったら、それこそ居眠りばかりで仕事しないに決まってる。

「なんで急に社長室を使いたいなんて言い出したんです？　前はひとりの部屋は隔離されてるみたいで嫌だって言ってたじゃないですか」

「ん？　それはもちろん、鍵のかかる社長室でなら、こういうことができるからに決まってるだろ」

隣を歩く沢内を見上げて聞くと、沢内はにやっと笑って、不意に手を伸ばして怜治のお尻をぎゅっと摑んだ。

「ちょっ、なにするんですか⁉」

その手をバシッと払い除け、怜治は慌てて周囲を見渡した。

とりあえず人がいないのを確認してほっとしてから沢内を睨みつける。

「会社でそういうことしたら、ぶっ飛ばすって言いましたよね？」

「人目につかないところならいいだろ？　なあ、ちょっとだけ触らせろよ」

スキンシップを求めて伸びてくる沢内の手を、またしてもバシバシと叩き落とす。

「駄目です！　絶対に駄目！　そういうことなら、金輪際、社長室は使わせません‼」

「おまえ、変なところでお堅いな」

「変じゃない！　俺が普通、あなたがだらしないんです！」

会社とプライベートの境目はしっかりつけておきたい。

万が一、ゲイだということが会社にばれたとしても、そのことだけで処分されることはないだろう。

だが、会社でなにかやらかしていたなんてことがばれたら、間違いなく処分されて、ふたり別々の会社に飛ばされることになる。

ずっと共に生きるためにも、そういう事態は避けなければならない。

「なにをどう言われても、絶対に流されませんからね」

怜治が厳しく睨みつけると、沢内は苦笑して肩を竦めた。

「しょうがない。社長室は諦めるか……。——毎日おまえから追いかけ回されるだけでも、もう充分楽しいしな」

「え？　ちょっと、それって……」

なにか今、もの凄く聞き捨てならないことを聞いてしまったような気がする。

「もしかして、俺に捜させるために仕事さぼってあちこち行ってるんですか？」

「まあな。追っかけてきてもらえるのは気分いいし、怒って嚙みついてくるのも可愛いしな。俺にとっちゃ一石二鳥だ」

「……俺にとってはまったく逆なんですが」

走り回って疲れるし、日々苛々《いらいら》するしで、ろくなことがない。

なのに沢内にとっては、楽しみの一環だったとは……。

「いっそのこと、ホントに首輪つけたいぐらいなんですけどね」

じろっと睨むと、そりゃいいと沢内が呑気《のんき》に笑う。

「公開ＳＭだな」

「え？」

「その場合はおまえが女王様か……。――うん、悪くない。おまえなら、女王様ルックも絶対に似合いそうだ」

「それ、全然嬉しくないです」

っていうか、脳が完全に拒絶して、想像するのが不可能なぐらいには嫌だ。

「首輪は却下で……。あ、でも、手錠みたいなものならいいかも……」

長い紐《ひも》でもなんでもいいから、とりあえずふたりの身体を繋いでおけば、沢内の居場所を見失うことはない。

なんてことを考えていたら、「その手があったか」と沢内が嬉しそうに言った。

「手錠がお好きだったんですか？」

「いや、そういう意味じゃない。繋がってたら便所の個室に堂々とふたりで入れるなと思っただけだ」

「個室って……。まさか、エロ妄想してるんじゃないでしょうね？」

「そのまさかだ。――っていうか、よくよく考えたら、社長室じゃなくてもふたりきりになれる場所は、社内にいくらでもあったな」

言うやいなや、沢内の手が怜治に向かって伸びてくる。

一瞬早く察した怜治は、その手をぺしっと叩き落とした。

「却下です！　もう、いい加減にしないと、本気で怒りますよ！」

ぶっ飛ばすぞと言わんばかりに、拳を握りしめてファイティングポーズを取ってみる。

「おお、いいな、それ。強がってる感じで、めちゃくちゃ可愛いぞ」

「馬鹿にしてっ」

思わずシュッとくりだした怜治の拳は、沢内の身体に届く前に手首を摑まれて止められた。

「おっと……。暴力は野蛮なんじゃなかったか？」

沢内が余裕綽々《しゃくしゃく》の態でからかう。

「だ、誰のせいだと……」

短気な怜治はかあっと頭に血を上らせた。

が、確かに社内で暴力はいけないと思い直して、拳を握りしめたままでぷいっと回れ右して沢内に背を向けた。

「もういいです!」

「お? ちょ、ちょっと待て」

 ぷりぷり怒って足音高く歩き出すと、慌てたように沢内が追いかけてくる。

「悪かったって……。会社じゃもう悪ふざけしない。な？　機嫌なおせよ」

ご機嫌を取ろうとする沢内をシカトして、ずんずん事務所に向かって歩きながら怜治は内心でほくそ笑んでいた。

(なんだ、この手があったのか……)

押して駄目なら引いてみろ。

こっちが追いかけなければ、向こうが追いかけてくる。

まるで、引かれ合う磁石のように……。

(こんなふうにずっと一緒にいられたら最高だな)

本気で怒って、拗ねて、笑って……。

今のこの関係を存分に楽しみながら、ふたり一緒に未来に歩いていく。

望む未来に辿り着くためじゃなく、この人生を幸せに生きていくために……。

「なあ怜治、そう怒るなって……」

右から左から顔を覗き込み、慌ててご機嫌を取る沢内を引きつれて怜治はずんずん歩く。

ぷりぷり怒ったふりをしながらも、その心の中は幸福感でいっぱいだ。

自然に緩みそうになる口元を引き締めておくのが本当に大変だった。

戸惑う週末

真冬を迎えて、海の色が濃くなったような気がする。

そのせいか波頭の白も冴《さ》え冴《ざ》えと映えて見える。

頬《ほお》を撫《な》でていく冷たい風に怜治《れいじ》がぶるっと大きく身震いしていると、手に絡《から》め持っていたリードが、くっと軽く引っ張られた。

足元を見下ろすと、真っ黒な目がじっとこちらを見上げている。

「遊んでくれとさ。今日は人もあんまりいないし、リード外してやってもいいんじゃないか」

「そうですね。——マメ、呼んだらちゃんと戻ってくるんだよ」

怜治は、半月程前から飼いはじめた豆柴《まめしば》風の犬をひと撫でしてから、リードを外してやった。

「よし、じゃあ遊ぶか」

沢内《さわうち》からマメと適当に名づけられた犬は、彼が放り投げた骨形の玩具《おもちゃ》を追いかけて砂浜を走り出していく。

「元気だなぁ」

砂浜だということを感じさせない軽い足取りのマメに、怜治は微笑《ほほえ》んで目を細めた。

やっぱり犬を飼いたいと沢内が再び口にしたのは、末永くよろしくと誓い合った翌日のことだった。

(今なら、飼ってもいいかな)

沢内はずっと側《そば》にいてくれるのだから、犬だけ置いていかれる心配はもうない。

それに、今このときを楽しく生きるために、ペットを飼うという選択もアリだと思えるようになっていた。

だから怜治は、こう言ったのだ。

「特別に飼ってあげないこともないですよ? ただし面倒を見るのは貴史《たかし》さんで、犬種を選ぶのは俺です。ちなみに、大型犬は絶対に駄目です」

万が一ペットが怪我《けが》をしたり病気になったとき、抱きかかえて運べないようでは困るからと告げると、沢内は小柄な怜治の体格を見て渋々ながらその条件を承諾《しょうだく》した。

そしてその数日後、ペットショップに行ってさてなにを飼おうかと見学してみたのだが、どの子も可愛《かわい》くてなかなか選べなかった。

大型犬に未練たらたらだった沢内は、しばらくの間、ゴールデンレトリバーの子犬のケージの前から離れなかったが、ふと気づくと茶色のトイプードルのケージの前に移動していた。

「その子、気に入ったんですか?」

「ああ。なかなか活《い》きがよさそうだ」

見知らぬ大男にじいっと見られているのが気に障《さわ》るのか、トイプードルはきゃんきゃんと大きな声で鳴き続けている。

「あんまり鳴く子はまずくないですか？」

夜中や留守番中にきゃんきゃん鳴かれては近所迷惑になってしまうと怜治が言うと、そこがいいんじゃないかと沢内が笑う。

「きゃんきゃん虚勢を張ってるとこも、この外見も、おまえにそっくりだ」

可愛いよなと言われても、さすがに頷《うなず》けない。

(どうせ弱っちい小型犬だよ)

先日の一件で、弱い自分を認めざるを得なくなってしまったとはいえ、毎日のようにその現《うつ》し身を眺め暮らして平気でなんていられない。

怜治は即座に却下を申し渡した。

けっきょく、その日は犬を決められずに終わった。

そんなこんなを隣の席の坂本《さかもと》に何気なく話してみたら、血統書つきでないと駄目《だめ》かしらと聞かれ、そんなことはないと答えると、それなら選択肢のひとつに加えて欲しいと地元のボランティアがやっている犬猫の譲渡会会場を教えられた。

マメはそこにいた子だった。

飢《う》えて汚れた状態でボランティアに保護された子で、一見した特徴は豆柴風。

すでに二歳は越えているだろうということで子犬の愛らしさはすでになかったが、そのぶん落ち着いていた。

ボランティア達がある程度の躾《しつけ》をしてくれていたし、なにより一切無駄吠《ぼ》えをしないところが気に入って、引き取ることに決めた。

（あの子にして正解だったな）

骨の玩具を咥《くわ》えたマメが、沢内の元へとまっしぐらに戻ってくる。

ご褒美にお菓子を貰《もら》ってから、また放り投げられた玩具を追いかけて走っていく。

無邪気で元気いっぱい、お留守番にもすぐに慣れてくれて、悪戯《いたずら》をすることなくＬＤＫに置いた広いケージの中に自分で入って行って大人しくしていてくれる。

お利口だし健康だし、そしてなにより同居人である怜治や沢内に対して愛情深く忠実だ。

俺の目に狂いはないと怜治は鼻高々だった。


「明日の日曜は客がくるぞ」

散々遊んだ後の帰り道、商店街の人混みで邪魔にならないようにと、マメを抱っこしながら歩いていた沢内が不意に言った。

「どこにですか？」

「家《うち》にだ。昼すぎになるって言ってたな」

「……それは決定事項なんですね」

同居人である自分の許可なしに決めるとはと睨《にら》みつけると、悪いと沢内が苦笑する。

「マメの写メを送ったら、可愛すぎるから実物が見たいって言われたもんでさ」

「まあ、その気持ちはよ～くわかりますけど……」


うちの子が一番状態の怜治は、ちょっと鼻高々で頷く。

「でも、俺と同居してることを変に思われません？　なんだったら、お客さんが来てる間どっかに消えてましょうか？」

「それなら大丈夫だ。客は聡巳《さとみ》だからな」

さらりと言われて、怜治はピタッと足を止めた。

「……橘《たちばな》さん？」

「ああ。――立ち止まってると歩行者の邪魔になるぞ」

「あ、はい。……あの、橘さんに俺達のこと話しちゃったんですか？」

慌てて歩き出しながら聞くと、まだだと沢内が答える。

「どうせいつかはばれるんだ。さっさとカミングアウトしちまったほうが楽だろう」

「それはそうかもしれませんけど……でも、まだ心の準備ができてないし……」

「明日までにすればいいじゃないか」

「馬鹿言わないでください！　俺にとっては、そんなに簡単な問題じゃないんです」

少しキツイ口調で言うと、沢内の腕の中のマメが、どうしたの？　怒ってるの？　と言わんばかりにくうんと鳴く。

「ああ、ごめん。マメを怒ったんじゃないから」

よしよしと頭を撫《なだ》めてやってから、こっそり深く溜《た》め息《いき》をつく。

（橘さん、俺達のことどう思うかな）

怜治は少しだけ不安だった。

金のために愛人なんかやってた奴では、沢内とは釣り合わないと思われそうで……。

（いや、そういうことを考えるような人じゃないか）

むしろ、怜治のためによかったねと喜んでくれるような気もする。

それがわかっていても不安なのは、怜治自身、かつて自分がやっていたことに対して負い目があるからだろう。

（なにしろ、リアルに脅迫のネタになるようなことだし……）

その行為の裏に無意識の恋心があったのだとしても、身体《からだ》を売るという行為は決して誉《ほ》められたものじゃない。

とはいえ、きっと気にしているのは怜治だけ。

共犯者である仁志《ひとし》も、互いの恋人である聡巳や沢内ももうそこには拘《こだわ》ってはいない。

怜治がそのことで卑屈になれば、逆に心配されてしまうだろう。

（……いい加減、乗り越えなきゃ）

変えられない過去に拘るあまり、楽しいはずの今に影を落とすなんて勿体《もったい》ないから。

ついでにもうひとつ、不安なことがあった。

（橘さん、ひとりで来れるかな？）

ふたりが同居しているのを知らない以上、聡巳は沢内の家に遊びに行くと仁志に伝えるはず。あの仁志が、大切な恋人が男の家にひとりで遊びに行くのを許すだろうか？

（なんとな～く、無理矢理くっついてきそうな気がする）

聡巳ひとりならともかく、仁志も一緒だったら気まずいの二乗だ。

（あの人、俺達のことを知ったら絶対に面白がるだろうな）

からかわれたり茶化されたりしそうで気が重い。

再び、はあっと深い溜め息をつくと、ぽんと頭の上に手の平が乗った。

「そう気に病むな。なんとかなるって」

大丈夫だと、頭の上でぽんぽんと手の平が跳ねる。

「だから、それやられると身長が縮みそうだから止《や》めてくださいってば」

怜治は、いつものようにぺしっとその手を追い払った。

（……そうだな。もう、ひとりじゃないから大丈夫か）

なにがあっても、沢内さえ側にいてくれればきっと大丈夫。

いや、なにがあっても大丈夫だと、そう考えられる自分でいられるはず。

ひとりじゃないと思えるだけでも、充分にこの心を支える力になるのだから……。

「明日は橘さんにもご馳走《ちそう》できるように、少し早めの夕食にしましょうか？」

「ああ、そうしてくれると嬉《うれ》しいな」

怜治の申し出に、沢内が嬉しそうに微笑む。

「それと、今日は帰ったらマメをお風呂に入れて、念入りにブラッシングしましょう。――せっかくのお披露目《ひろめ》なんだから、砂を落として可愛くしてあげないとね」

怜治は、手を伸ばして沢内の腕の中のマメを撫でる。

少し軽くなった心で、明日はなにを作ろうかなと楽しく計画しながら……。

☆

一夜明けてお昼すぎ、怜治は沢内と共に駅まで聡巳を迎えにきていた。

マメも一緒なので、聡巳との待ち合わせ場所は駅構内ではなく正面出口を出たところだ。

マメを抱っこした沢内とふたりで歩道と車道との境目になっている柵に凭《もた》れ、聡巳達が駅から出てくるのを待っていたのだが……。

（……やっぱり帰ろうかな）

昨日の思いはどこへやら、土壇場《どたんば》になって怜治の気持ちは揺らいでいる。

沢内の性格上、いつまでも聡巳に隠しておけないんだろうってことはわかるが、それでもできることなら少しでも先延ばししたいと思ってしまう。

もしくは、すべて沢内に押しつけてしまいたい。

（先に沢内さんだけで橘さん達に会って、ふたりのことを説明してもらうとか）

ひとしきり驚いたり面白がったりして、ちょっと落ち着いた頃に顔を合わせるのならば、まだマシなような気がする。

そんなことを考えながら怜治が沢内を見上げると、駅から吐き出されてくる人波に視線を向けていた沢内の顔にふと笑みが浮かんだ。

「来たぞ。さすが聡巳、時間ぴったりだな」

（遅かったか……）

到着してしまったのならば、もはやこの場から逃げ出すことはもうできない。

渋々視線を駅方面に向けた怜治は、笑みを浮かべてこちらに向けて歩いてくる聡巳の姿をひとめ見て、ちょっと驚いてしまった。

（前よりずっと綺麗になったみたい）

会社で見る聡巳は、ぴっちり整髪剤で固めた髪に不格好な銀縁《ぎんぶち》眼鏡、洒落《しゃれ》っけも色気もないスーツ姿で過ごしているのだが、休日の彼はまるで別人だった。

身体のラインにフィットした仕立ての良さそうなコートを身に纏《まと》い、首元には温かそうなマフラーをゆったりと巻いている。髪は固めずにさらさらで、そしてトレードマークにもなっていたあの不格好な銀縁眼鏡が、なんと縁なしの柔らかな印象のそれに変わっていた。

そうしていると、お堅そうなサラリーマンのイメージは全くなく、生来の品のいい綺麗な顔立ちが前面に押し出されて、まるで良家の子息のよう。清涼感溢《あふ》れるその姿に、すれ違う人達の中にはふと視線を止めて振り返る者すらいるぐらいだ。

(仁志さんは一緒じゃないんだ)

てっきりくっついてくるに違いないと思っていた怜治は軽く拍子抜けしたが、それ以上にほっとしていた。

「こんにちは。怜治くんも来てくれたんだ」

「あ、はい。そうなんです」

穏やかに微笑みかけられ、怜治は思わず頷いた。

(橘さん、誤解してる)

沢内から聡巳が来ると仕事中にでも聞いた怜治が、それなら自分もと沢内に同行してきたのだとでも思っているのだろう。

まあ確かに、沢内と一緒に出迎えただけで、ふたりが同居していると気づくはずもない。

（このまま黙ってれば、なんとか誤魔化せないか）

そんなことを考えながら沢内をちらっと見上げると、それに気づいた沢内が軽く肩を竦《すく》めて苦笑する。

まるで、往生際の悪い奴だと言わんばかりに……。

「この子がマメちゃんだね。小さくて可愛いな。撫でていい？」

「ああ、平気だ。――聡巳、おまえ、やっと眼鏡を買い換えたんだな」

マメの頭を撫でている聡巳に沢内がそう聞くと、聡巳は軽く狼狽《うろた》えた。

「え？　あ、いえ、これは……その……休日用なんです。仕事中は以前の眼鏡のままですよ」

「使い分けなんて面倒だろう」

「いえ。眼鏡を掛け替えると気分も変わるから、むしろちょうどいいんです」

「へえ、そういうもんか」

沢内はあっさり納得したようだが、怜治にはピンときた。

「そのコートも、やっぱり休日用ですか？」

「うん、そう。よくわかるね」

「そりゃもう……」

（眼鏡もコートも、きっと仁志さんのプレゼントだ）

そして、ふたりで過ごすことの多い休日にだけ身につけるよう、仁志に言われているに違いない。大切な恋人を綺麗に飾り立てたいものの、今まで気づく人の少なかった恋人の美点を知る人が増えるのが面白くないのだ。

以前、その控えめな美貌に気づいた取引先の重役に聡巳がちょっかいを出されたこともあったから、そういう意味で用心しているとも言える。

（独占欲丸出し）

以前だったらきっと羨《うらや》ましく思っていたところだが、今の怜治には、そんな仁志の心の狭さをふっと鼻で笑える余裕があった。

「立ち話もなんだし、マメの散歩がてら家まで歩こう。こっからだと家まで三十分ぐらいかかるが大丈夫か？」

「はい、もちろん」

マメのリードを持った沢内が先を歩き、怜治は聡巳と並んでその後を歩く。

たまに沢内と怜治の顔を交互に見上げながら、ちょこちょこ歩くマメを見て、聡巳は小さくて可愛いと何度も言った。

「友達がボルゾイを飼ってるんだ。その子と遊んでばかりいたから、マメちゃんが本当に小さく見えるよ」

「ボルゾイって、確か凄く大きい犬種ですよね？」

「うん。ひょろっと足が長くて、歩く姿がとても優雅で賢い子だよ。仁志さんもすっかり夢中になっちゃって自分も飼いたいって言い出してるぐらい」

「やめたほうがいいですよ。あの人、絶対自分で面倒みたりできないし」

「本人は責任もって面倒みるって言ってるんだけど……」

「無理無理。信じちゃ駄目です。三日坊主になるに決まってます」

「やっぱりそうか……。飼うとしたら、俺が面倒みることになるよね」

「余計なお世話かもしれませんけど、飼わないほうがいいですよ。橘さんが熱心に犬の世話とかしてると、仁志さん嫉妬しそうですから」

「犬相手に？」

「はい。十中八九、そうなると思います」

怜治の助言に、聡巳がう〜んと真剣に悩む。

「っていうか、今日はどうしたんです？　絶対に仁志さんもくっついてくると思ってたんですけど」

「昨夜は車で送っていってやるって言ってたんだけど、今朝になったら何度起こしても起きないから家に置いてきた」

「置いてきたって……。いいんですか？　拗《す》ねるんじゃありません？」

「知らないよ。ふたりきりの約束ならいくらでも譲ってあげられるけど、仁志さんの寝坊癖のせいで他の人との待ち合わせに遅れるわけにはいかないからね」